EL SE DUQUE

Barbara Cartland

Título original: Love and a Cheetah

Barbara Cartland Ebooks Ltd
Esta edición © 2013

Derechos Reservados Cartland Promotions

Diseño de libro por M-Y Books

m-ybooks.co.uk

La Colección Eterna de Barbara Cartland.

La Colección Eterna de Barbara Cartland es la única oportunidad de coleccionar todas las quinientas hermosas novelas románticas escritas por la más connotada y siempre recordada escritora romántica.

Denominada la Colección Eterna debido a las inspirantes historias de amor, tal y como el amor nos inspira en todos los tiempos. Los libros serán publicados en internet ofreciendo cuatro títulos mensuales hasta que todas las quinientas novelas estén disponibles.

La Colección Eterna, mostrando un romance puro y clásico tal y como es el amor en todo el mundo y en todas las épocas.

LA FINADA DAMA BARBARA CARTLAND

Barbara Cartland, quien nos dejó en Mayo del 2000 a la grandiosa edad de noventaiocho años, permanece como una de las novelistas románticas más famosa. Con ventas mundiales de más de un billón de libros, sus sobresalientes 723 títulos han sido publicados en treintaiseis idiomas, disponibles así para todos los lectores que disfrutan del romance en el mundo.

Escribió su primer libro "El Rompecabeza" a la edad de 21 años, convirtiéndose desde su inicio en un éxito de librería. Basada en este éxito inicial, empezó a escribir continuamente a lo largo de toda su vida, logrando éxitos de librería durante 76 sorprendentes años. Además de la legión de seguidores de sus libros en el Reino Unido y en Europa, sus libros han sido inmensamente populares en los Estados Unidos de Norte América. En 1976, Barbara Cartland alcanzó el logro nunca antes alcanzado de mantener dos de sus títulos como números 1 y 2 en la prestigiosa lista de Exitos de Librería de B. Dalton

A pesar de ser frecuentemente conocida como la "Reina del Romance", Barbara Cartland también escribió varias biografías históricas, seis autobiografías y numerosas obras de teatro así como libros sobre la vida, el amor, la salud y la gastronomía. Llegó a ser conocida como una de las más populares personalidades de las comunicaciones y vestida con el color rosa como su sello de identificación, Barbara habló en radio y en televisión sobre temas sociales y políticos al igual que en muchas presentaciones personales.

En 1991, se le concedió el honor de Dama de la Orden del Imperio Británico por su contribución a la literatura y por su trabajo en causas a favor de la humanidad y de los más necesitados.

Conocida por su belleza, estilo y vitalidad, Barbara Cartland se convirtió en una leyenda durante su vida. Mejor recordada por sus maravillosas novelas románticas y amada por millones de lectores a través el mundo, sus libros permanecen atesorando a sus héroes valientes, a sus valerosas heroínas y a los valores tradiciones. Pero por sobre todo, es la , primordial creencia de Barbara Cartland en el valor positivo del amor para ayudar, curar y mejorar la calidad de vida de todos que la convierte en un ser verdaderamente único.

Capítulo 1

ILESA terminó de arreglar las flores y la iglesia y decidió que se veían muy hermosas. Corría el mes de mayo y era un gran placer disponer de tantas flores. Había no sólo flores características de la primavera, sino también de las que florecían al comienzo del verano.

Echó una última mirada al pequeño altar donde su padre la había bautizado y donde fuera confirmada.

Luego, caminó hacia la puerta.

Se detuvo para admirar de nuevo las azucenas y azaleas doradas que había cortado en el jardín. Sabía que la persona que más las hubiera apreciado habría sido su madre.

No recordaba una sola ocasión en que todas las estancias de la vicaría no estuviesen llenas de flores. Debido a que la gente de la aldea amaba tanto a su madre, siempre la obsequiaban con las primeras flores que brotaban en sus pequeños jardines.

Después de cerrar la puerta de la iglesia, Ilesa descendió del porche y cruzó por entre las antiguas tumbas hacía el portón que conducía al parque.

En la distancia, podía ver Harlestone Hall, la casa donde su padre había nacido y crecido.

El sexto Conde de Harlestone había seguido la tradición inglesa en lo que a sus hijos se refería.

Roland, el mayor, que habría de heredar el título, se había alistado en el regimiento de la familia.

Henry, su segundo hijo, ingresó en la marina real y, por méritos propios, se convirtió en el comandante de un destructor.

Y Mark, el tercero de los varones, siguiendo la tradición profesó en la iglesia, dándosele a escoger una entre las vicarías existentes en los terrenos de Harlestone Hall.

El honorable Mark Harle aceptó esta situación en tanto había sido educado para esperar que así fuera su futuro.

También, desafortunadamente, aceptó la decisión de su padre respecto a con quién debía casarse.

El Conde seleccionó para su hijo mayor a la esposa de un influyente aristócrata que disponía de dinero propio.

Su segundo hijo se negó a ser presionado hasta el matrimonio y permaneció soltero, perdiendo la vida en el curso de una batalla naval durante la cual su barco fue hundido.

Y Mark se casó cuando tenía sólo veintidós años.

Su padre le eligió como esposa a la hija de un hombre que se mostraba muy impresionado por Harlestone Hall y por el Conde mismo.

La joven pareja no tenía nada en común y fue muy desventurada desde un principio.

Aunque nadie lo expresara abiertamente, constituyó un alivio cuando, después de seis años de discusiones y pleitos entre ellos, la esposa de Mark, durante un invierno excepcionalmente frío, contrajo una pulmonía de la que no pudo recuperarse y murió.

Dejó una hija de cinco años que creció con un carácter muy similar al de su madre.

Una vez que Mark quedó libre y transcurrido el habitual año de luto, no perdió tiempo.

Para entonces era ya Vicario de Littlestone y contrajo nuevo matrimonio con la muchacha a la que siempre había amado, pero a la que nunca había podido acercarse. Se trataba de la hija de un terrateniente vecino y se conocieron en las fiestas que ofrecían frecuentemente sus respectivos padres.

Elizabeth era tan hermosa, que Mark creyó que jamás sería admitido por ella. Sin embargo, la realidad era que la muchacha lo amaba desde niña.

Elizabeth había permanecido soltera. Sus padres la querían demasiado como para obligarla a hacer algo que ella no deseara.

Mark y Elizabeth se casaron en forma muy íntima.

Después de una luna de miel de ensueño, se instalaron en Littlestone y se dedicaron a hacer felices a todos los habitantes de la aldea.

Su hija Ilesa nació un año después de su matrimonio. La única tristeza del matrimonio fue que Elizabeth quedó incapacitada para tener más hijos. No obstante, Ilesa los compensó.

Volviendo el recuerdo a su infancia, Ilesa no podía recordar un sólo día en que la vicaría no hubiera estado llena de amor y de felicidad.

Solamente cuando su hermanastra Doreen creció hubo algo que perturbara aquella atmósfera. A imitación de su madre, Doreen estaba siempre deseando cosas que no podía tener.

Constituyó un alivio, por lo tanto, el que su abuelo, el Conde, decidiera llevarla a Londres, a estudiar en un prestigioso internado para señoritas. Después fue enviada a otra escuela de más alta categoría en Florencia. Las dos instituciones, ciertamente, cambiaron por completo la vida de Doreen.

La muchacha siempre había considerado la vicaría como un lugar muy limitado.

No estaba interesada en los aldeanos, ni en nada que se refiriera al oficio de su padre.

Mientras vivió el viejo Conde, pasó la mayor parte de su tiempo en Harlestone Hall.

Le encantaban las amplias habitaciones y los altos techos. Siempre que le era posible, dormía en una de los dormitorios más elegantes, con sus enormes camas de cuatro postes.

—¡Me gusta la grandeza!— le decía a su pequeña hermanastra, que no entendía lo que quería decir con eso.

Por fin, a los diecisiete años, Doreen fue presentada en Londres como *debutante* en sociedad. Fue amadrinada, en el Palacio de Buckingham, por una de las hermanas del Conde que no tenía hijas. Al finalizar su primera temporada social, Doreen se casó con Lord Barker.

Tal hecho fue considerado como un excelente matrimonio, a pesar de que él era mucho mayor que ella.

Desde aquel momento, su padre, su madrastra y su hermanastra casi no la volvieron a ver. Sin embargo, tampoco, la echaron de menos, por la simple razón de que Doreen siempre fue ajena a cuanto acontecía en la vicaría.

Elizabeth Harle había tratado de todas las formas posibles de ser una madre para su hijastra. Pero sabía, en su interior, que ése constituyó el gran fracaso de su vida. Cuando murió, hacía ya dos años, Doreen ni siquiera acudió al funeral. Se limitó a enviar una corona de flores, un tanto exagerada por su tamaño. Resultaba inadecuada entre los más pequeños, pero amorosos tributos que habían sido enviados por la gente local. Había pequeños ramilletes de flores de los niños de la aldea, que a Ilesa le conmovieron.

Debido a que era de conocimiento público lo mucho que le gustaban las flores a Elizabeth Harle, toda la gente de los alrededores contribuyó con ramos. Desnudaron sus jardines de hojas y de capullos, como un homenaje a la fallecida.

Pero para Mark Harle aquello fue un golpe brutal. Le resultaba difícil creer que había perdido a la mujer a la que amaba tan profundamente.

Ilesa lo comprendía, pero era muy poco lo que podía hacer para consolarlo. Sólo trató, en todas las formas en que le fue posible, procurar ocupar el lugar de su madre.

Arreglaba las flores de la iglesia, visitaba a los enfermos del pueblo y consolaba a los más desdichados. También trató de encontrar algún empleo para los jóvenes que habían terminado la escuela.

Un año antes, el nuevo Conde Harlestone cerró la llamada Casa Grande.

Aquello supuso un desastre para la aldea. Pero era una decisión en cierto modo razonable, ya que Roland había sido nombrado gobernador de la Provincia de la Frontera Noroeste en la India. Esto significaba que había de vivir en aquel país los siguientes cinco años.

—Es inútil, Mark— le había dicho a su hermano—. No puedo permitirme el lujo de mantener la casa abierta y, al mismo tiempo, cubrir mis gastos en la India, que serán muy numerosos.

—Y qué va a ser de la gente que siempre ha trabajado aquí?— le preguntó Mark—. Algunos de ellos llevan más de treinta años a nuestro servicio.

—Lo sé, lo sé— replicó su hermano Roland con irritación—. ¡Pero no dispongo del dinero suficiente para mantenerlos!

Los dos hermanos se habían pasado toda la noche hablando.

Por fin, a insistencia del Vicario, el Conde aceptó retener a cuatro de los sirvientes más antiguos para que actuaran como cuidadores de la casa.

Watkins, el jefe de los jardineros, y Oakes, el jefe de los guardabosques, se quedarían en sus correspondientes casitas.

—Estoy seguro de que puedo encontrarles algún trabajo— dijo el Vicario—. Mientras tanto, yo les pagaré su pensión, lo cual evitará que se mueran de hambre.

—Tú sabes que no tienes dinero para hacer eso!— protestó Roland—. Lo mejor que podemos hacer es vender algo.

Su hermano lo miró lleno de consternación.

—¿Vender?— preguntó—. Pero si todo está protegido por ley para que pase a tu heredero.

—Debe haber algunas cosas que no le estén— insistió el Conde—. Y deben existir algunas parcelas de tierra remota, de las que podríamos deshacernos, aunque no obtendremos mucho por ellas.

Finalmente, de algún modo, el Conde encontró la manera de garantizar las pensiones de Watkins y de Oakes.

El Vicario alentó al jardinero a cultivar frutas y hortalizas que podría vender en el mercado local.

Oakes, por su parte, debía impedir que las alimañas invadieran los alrededores, y podría también vender los conejos, pichones y patos que pudiera cazar.

—No les producirá mucho dinero— le dijo Mark a su hermano—, pero tal vez sí lo suficiente para pagar a un joven ayudante. Cuando menos, eso los mantendrá ocupados.

Lanzó un profundo suspiro al añadir:

—No sé qué va a hacer el resto del pueblo. Como tú bien sabes, Roland, la gran ambición de los jóvenes ha sido siempre entrar a trabajar en la Casa Grande.

—¡Lo sé, lo sé!— asintió Roland—. Pero yo no puedo rechazar el cargo que se me ha ofrecido, lo cual es un gran honor, sólo porque el pueblo quiere que me quede en Inglaterra.

Trató de expresarse con naturalidad, pero había una nota de amargura en su voz.

—El verdadero problema— señaló Mark en tono apaciguador— es que los Harle nunca hemos sido muy ricos, que digamos. Y Papá fue un poco despilfarrador, sobre todo en lo que a caballos se refería.

—Eso es verdad— reconoció el Conde—. Yo sugiero que elijas los dos caballos que más te gusten y venderé los demás.

—Tienes que hacer eso realmente? Es una lástima, cuando hay una selección tan extraordinaria en la caballeriza en estos momentos.

El Conde hizo un gesto de impotencia y dijo:

—Lo sé, pero no me puedo llevar los caballos conmigo a la India, y ya estarán muy viejos cuando regrese.

Por fin, el Vicario se quedó con cuatro caballos y el resto fue vendido.

Ilesa lloró cuando vio que se los llevaban.

A la muchacha siempre le habían permitido que montara los caballos que quisiera de la caballeriza de su abuelo.

Había llegado a amar mucho a los animales y no había nada que no fuera capaz de hacer con ellos.

—La señorita Ilesa tiene una mano especial para los caballos— solían decir los mozos de cuadra.

No le impedían montar los más difíciles, y ni siquiera aquéllos que todavía no estaban completamente domados. Sabía que tenía, como los mozos comentaban, una mano muy especial con los animales. Los caballos la obedecían ciegamente. Sin duda alguna, Ilesa sabía tratarlos.

Lo único que se sacó en limpio al cierre de Harlestone Hall fue que, cuando menos, no se le rentó a un desconocido.

—Si no pudiera yo cabalgar por el parque, nadar en el lago y leer los libros de la biblioteca, creo que me quedaría ciega de tanto llorar— le dijo Ilesa a su padre en una ocasión.

—Lo sé, cariño— repuso el Vicario—, y debemos sentirnos agradecidos de que, aunque esté cerrada para todos los demás, la casa haya quedado abierta para nosotros.

Sin embargo, el paso de los años estaban dejando sus huellas en la construcción. Las puertas de madera y los marcos de las ventanas necesitaban repintarse. El jardín, sin nadie que lo atendiera, empezaba a verse como una viña. Los lechos de las flores, siempre tan hermosos, comenzaban a desaparecer entre la hierba mala.

Ilesa tenía que hurgar entre la maleza para cortar las flores que todavía lograban abrirse paso entre ella.

Por otra parte, dos de los invernaderos estaban en peligro de derrumbarse.

No venía al caso urgir a su padre que los hiciera reparar.

—Tu tío estará en la India, cuando menos, dos años más— solía decir el Vicario.

Ilesa continuaba yendo a la biblioteca en busca de los libros que quería leer.

Contemplaba los cuadros colgados en las paredes y pensaba en lo maravillosos que quedarían si los limpiara con asiduidad.

Los muebles necesitaban ser barnizados, al igual que las chimeneas y los guardafuegos, para que lucieran como en los tiempos de su abuelo.

Una de las cosas que conmovía a Ilesa, sin embargo, era que su abuelo dejara a su padre, en su testamento, dos hermosos cuadros. No estaban éstos sujetos a la herencia por ley, debido a que su padrino se los había regalado en forma personal. Se trataba de dos pinturas de Stubbs.

Como el Vicario solía decir, habían sido enmarcados muy inteligentemente, de modo que el marco permitiera su mayor lucimiento.

—¡Son preciosos, Papá!— exclamaba Ilesa una y otra vez—. Estoy segura de que el abuelo sabía que tú los apreciarías más que nadie.

—Me siento feliz de tenerlos— comentaba el Vicario—. También debo agradecerle a mi padre que me dejara un poco de dinero, que puedo gastar en quienes realmente lo necesitan.

Ilesa contuvo el impulso de decirle que ella, realmente, necesitaba un vestido nuevo.

Sabía que su padre estaba pensando en la gente que no podía obtener un empleo, ahora que la Casa Grande se hallaba cerrada.

Estaban también los ancianos. Ya no podían recurrir al Conde cuando sus casitas necesitaban alguna reparación o ellos mismos estuviesen muy urgidos de ayuda. Debido a que no podía nunca decir no a la gente necesitada, el Vicario contrató a un aldeano para que se ocupase de los caballos. También tomó a su cargo a un chico, aunque no era necesario, para cuidar el pequeño jardín de la vicaría.

La señora Briggs, la cocinera de la vicaría desde siempre, también contó con una ayudante. Nanny, por su parte, que se había hecho cargo del manejo de la casa de forma muy competente después del fallecimiento de Elizabeth Harle, recibió una doncella que no necesitaba, pero que el Vicario le impuso sólo porque deseaba ayudar a la muchacha. Luego resultó que está causaba más problemas que ayuda a la pobre Nanny.

Sin embargo, si era lo que el Vicario quería, todos aceptaban las cosas de buen grado.

Al volver a la vicaría, después de arreglar las flores de la iglesia, Ilesa iba pensando en lo preocupado que estaba su padre por dos vecinos de la aldea que se encontraban gravemente enfermos.

También iba proyectando qué sorpresa darle el día de su cumpleaños, que sería en la semana siguiente.

Se había enterado de que en Londres acababa de ser publicado un libro a propósito del arte de Stubbs.

Sabía que a su padre le encantaría poseerlo, ya que siempre deseó conocer más profundamente al artista cuyas obras adornaban ahora las paredes de su estudio.

Decidió que aquella misma tarde escribiría a Londres para que le enviaran un ejemplar. Se lo daría el día de su cumpleaños, junto con otros regalos más pequeños.

Todos estarían envueltos de forma alegre y atados con cintas de color rosa. Era una costumbre que su madre había establecido no sólo en Navidad, sino también para los cumpleaños.

—A todos nos gustan los regalos— decía—, y cuantos más sean, mejor.

Siempre se las ingeniaba para tener, cuando menos, media docena de regalos para Ilesa en el día de su cumpleaños. Y reunía el mismo número, o más, para el cumpleaños de su esposo.

Variaban desde algún regalo grande, más o menos costoso, hasta algo pequeño y divertido. Ello podía ser un tarro de su mostaza preferida, un tarro de miel o un pañuelo bordado con las iniciales del festejado. Cualquier regalo constituía una sorpresa y todos resultaban maravillosos.

Ilesa estaba decidida a que su padre tuviera el mayor número de regalos posibles aquel año.

Al dirigirse hacia el sendero de entrada a la vicaría, observó con asombro un elegante carruaje tirado por dos caballos gemelos frente a la puerta.

Estaba segura, decidió al acercarse más, que no pertenecía a ninguno de sus vecinos.

«¿Quién podrá ser?», se preguntó.

Trató de pensar si su padre se encontraría en casa. Mas recordó que había salido muy temprano aquella mañana.

Había ido a visitar a un granjero en una parte bastante alejada de la propiedad que rodeaba Harlestone Hall, y cuya esposa esperaba un bebé para dentro de un par de meses.

—Espero volver para almorzar— le había dicho a Ilesa antes de irse—. En cualquier caso, si me retraso, no me esperen. ¡Ya sabes lo conversadores que suelen ser los Johnson!

Ilesa se había reído.

Sabía que, como consecuencia de que su padre fuera tan paciente y comprensivo, la gente se mostraba inclinada a contarle todas sus preocupaciones.

El Vicario, sin embargo, comprendía que el que se desahogaran con él constituía con frecuencia, una gran ayuda. Por lo que, casi siempre que visitaba a una persona se quedaba con la misma más tiempo del que había previsto. «¿Quién puede haber venido a verlo?», se preguntó Ilesa.

Llegó a la puerta principal y observó de nuevo los caballos. Eran ciertamente magníficos. No reconoció la librea que llevaba puesta el cochero que esperaba en el pescante.

La puerta se hallaba abierta e Ilesa entró en la casa.

Se dirigió hacia la salita situada al fondo y que daba al jardín. De pie, junto a la ventana, vio a una mujer de esbelta figura. Ciertamente, se trataba de una dama muy elegante. Llevaba puesto un sombrero de plumas y se adornaba el vestido con un gran polisón a la última moda. Mientras Ilesa titubeaba en la puerta, la visitante se dio la vuelta.

Ilesa lanzó un grito de alegría.

—¡Doreen! ¡No te esperaba! ¿De dónde vienes?

Corrió a través de la sala, para besar a su hermanastra. Doreen aceptó el beso, pero no hizo ningún intento de corresponder al mismo.

—Encontré la casa vacía— dijo—. ¿Dónde estabas?

—Arreglando las flores de la iglesia— explicó Ilesa—. Recuerda que hoy es sábado.

Doreen lanzó una leve risa falta de humor.

—Por supuesto, nunca se me ocurrió. ¡Así te veo tan desarreglada!

Ilesa se quitó el sombrero.

—Ya lo sé— reconoció—. Fui al Hall a cortar algunas flores, pero el jardín está tan lleno de maleza, que es imposible evitar que los brezos te rasquen la ropa.

—¡Es ridículo dejar que esa casa se arruine!— exclamó Doreen en tono chillón.

Ilesa comprendió que sería inútil tratar de explicar que su tío no podía hacer otra cosa.

En cambió, dijo:

—Me alegra mucho verte. ¿Quieres café? ¿Te quedarás a almorzar?

—Supongo que sí... si hay algo de comer— contestó Doreen.

—Claro que lo hay. La señora Briggs hará un esfuerzo especial si sabe que estás aquí.

Doreen se llevó las manos a la cabeza.

—¡Santo cielo! ¿Está esa vieja todavía con ustedes?

—Parece mayor de lo realmente es— se apresuró a decir Ilesa— y no podríamos pasar sin ella. Tú sabes que sirve en la casa desde que nosotras éramos niñas.

Evidentemente, Doreen estaba ya pensando en otra cosa. Después de un momento, dijo:

—Bueno, ve a decir a la señora Briggs que me quedaré a almorzar. Después quiero hablar contigo.

—¿Qué me dices de tu cochero?— preguntó Ilesa. Doreen titubeó un momento.

Luego, sugirió:

—Puede comer aquí, si tienen algo que darle. Si no, tendrá que ir a la posada.

—Por supuesto que le daremos de comer aquí— manifestó Ilesa y salió corriendo de la salita.

En la cocina, la señora Briggs estaba amasando la pasta para el pastel de carne que haría al día siguiente.

Era siempre el plato dominical, porque se trataba del preferido del Vicario.

—Señora Briggs— dijo Ilesa elevando la voz, ya que la anciana empezaba a padecer sordera—, la señora Doreen está aquí y dice que se quedará a almorzar.

—¿La señora Doreen? — exclamó la señora Briggs—. ¡Bendito sea el cielo! ¡Si no ha venido por aquí hace ya casi tres años!

—Lo sé— repuso Ilesa—, pero está aquí ahora y su cochero necesita comer también algo. Estoy segura de que usted no nos hará quedar mal.

—Sí, claro. Yo me las ingeniaré— prometió la señora Briggs—. Es una suerte que haya comprado esa pierna de cordero para el almuerzo de hoy. Pensé que nos duraría casi toda la semana, pero no será así con dos bocas más que alimentar.

La señora Briggs hablaba más para sí que con Ilesa, que regresó apresuradamente a la salita.

En el camino hizo todo lo posible por arreglar su cabello. Sabía que debía estar hecha un desastre en comparación con el arreglado impecable de Doreen.

Ilesa hubiera querido tener tiempo para ponerse uno de sus mejores vestidos antes de presentarse así ante su hermanastra.

No obstante nada de lo que ella poseía podía equipararse con lo que Doreen llevaba puesto.

Doreen era ahora excesivamente rica, ya que su esposo había muerto de un ataque al corazón tres años antes.

Desde entonces, sólo había vuelto a casa una vez, y fue poco después de quedarse viuda.

De vez en cuando, Ilesa y su padre sabían de ella y del éxito que estaba teniendo en Londres, ya que lo leían en la columna de los periódicos que comentaban las fiestas que ofrecía y a las que asistía la flor y nata del mundo social.

Sus vecinos siempre hablaban de Doreen cuando Ilesa y su padre los visitaban.

—Tu hermanastra es una de las mujeres más hermosas de Londres— le habían dicho a Ilesa un millar de veces—. Me he enterado que acude con frecuencia a la Casa Marlborough.

Aunque ella vivía en el campo, Ilesa imaginaba perfectamente cuál era la ambición de todas las mujeres.

Sin duda alguna, ser invitadas a la casa que pertenecía al Príncipe de Gales y a su hermosa esposa danesa, la princesa Alexandra.

Los invitados de la Casa Marlborough eran motivo constante de chismes, rumores y comentarios, y constituían parte inevitable de toda conversación.

Ilesa pensaba algunas veces que podría escribir un libro de todo lo que había oído decir a propósito del príncipe. Sin embargo, el tema no le interesaba de forma particular. Sabía que no era nada probable que la invitaran a esa casa alguna vez.

Ni siquiera su hermanastra la había invitado jamás a alojarse con ella en Londres. Ahora, y para su sorpresa, había aparecido sin previo aviso.

Ilesa era lo bastante inteligente como para comprender que debía haber algún motivo ulterior que justificase aquella visita de Doreen.

Era tan extraño que hubiera vuelto, que por un momento temió que hubiese ocurrido una tragedia.

Doreen, sin embargo, se mostraba imperturbable.

Ilesa no pasó por alto los pendientes de diamantes y perlas que llevaba en las orejas ni los tres hilos de perlas que lucía en su garganta.

También destacaba un broche de diamantes, en forma de mariposa, en el hombro de su vestido.

Y no pudo evitar el pensar que una sola de aquellas joyas habría bastado para sostener por algún tiempo a una docena de personas de la aldea.

Eso habría hecho muy feliz a su padre.

No obstante, se dijo a sí misma que se estaba dejando arrastrar por su imaginación.

Doreen sólo se comunicaba con su padre y con ella en Navidad. No lo hacía ni siquiera en sus cumpleaños. Ilesa suponía que aquello hería mucho a su padre. Entonces, pensó las cosas con cuidado.

Desde el momento en que Doreen fue enviada a una escuela en Londres, y después a Florencia, su hermanastra dejó más o menos claro que despreciaba a su familia.

Declaró abiertamente que deseaba llevar un tipo de vida diferente.

Y fue lo que logró en verdad al casarse con Lord Barker. Sólo de vez en cuando Ilesa pensaba que el comportamiento de su hermanastra era poco agradecido.

Ahora que Doreen se había convertido en una viuda rica, sin duda alguna que no desearía pasar el tiempo con sus familiares del campo.

«No puedo imaginar porqué ha venido», pensó Ilesa cuando volvió a entrar en la salita.

En su ausencia, Doreen se había acomodado a sus anchas. Tras quitarse el sombrero de plumas, se recostó en un sillón y puso los pies en una banqueta.

Cuando Ilesa llegó a su lado, Doreen le dijo:

—Ahora, siéntate y escucha lo que tengo que decirte. Tienes que ayudarme, porque no tengo a nadie más en quién confiar.

Ilesa se sobresaltó.

—¿Estás en... algún tipo de problema, Doreen?

—¡Por supuesto que lo estoy!— contestó Doreen con brusquedad—. De otro modo, no estaría aquí.

—Lo siento— dijo Ilesa con tono amable—. Y desde luego, Papá y yo te ayudaremos, si ello es posible.

Al decirlo, pensó que no podía imaginarse cómo podrían ninguno de los dos ayudar a Doreen en forma alguna. Su problema no era la necesidad de dinero, de eso estaba segura. Y pareciéndole una actitud más cordial, se arrodilló a los pies de su hermanastra y levantó la mirada hacia ésta.

—Ahora, cuéntame, Doreen— dijo con suavidad—, qué es lo que te preocupa.

Doreen lanzó un suspiro que era más de exasperación que de sufrimiento.

—Tienes que ayudarme— dijo—, simplemente porque no hay nadie más que lo haga. Lo que quiero, y creo que no necesito decirlo, es muy importante para mí.

—¿Qué es lo que quieres? — preguntó Ilesa con curiosidad.

—Dicho muy francamente, lo que deseo es casarme con el Duque de Mountheron.

Ilesa emitió una exclamación ahogada.

—¿El Duque de Mountheron? Pero... ¿él quiere... casarse... contigo?

Las preguntas surgieron de su boca no por otra causa, sino como consecuencia de su sorpresa. Ilesa, de algún modo, suponía que tarde o temprano Doreen volvería a casarse. Estaba segura de que lo haría con alguien tan influyente como Lord Barker y que sería un matrimonio ventajoso para Doreen.

¡Pero aun eso estaba muy por debajo de la perspectiva de casarse con un duque!

Ilesa había oído hablar del Duque de Mountheron, ya que éste tenía algunos notables caballos de carreras.

Su padre, que era un entusiasta caballista, estaba suscrito al semanario que comentaba todas las carreras que se celebraban en el país: el *Racing Times*.

Dicha publicación incluía en sus páginas las descripciones gráficas de los principales caballos que participarían en las próximas carreras y daba detalles sobre su crianza.

Tampoco faltaban artículos a propósito de sus propietarios.

El Duque de Mountheron había ganado el Derby el año anterior y otro caballo suyo quedó en segundo lugar dos años antes.

En las últimas temporadas, el Duque había ganado casi todas las carreras clásicas.

Ilesa y su padre hablaban con frecuencia de su cuadra.

—Supe que compró y trajo algunas yeguas de Siria— le dijo en una ocasión el Vicario—. O tal vez fue su padre, no recuerdo. De cualquier modo, sus caballos tienen sangre árabe, lo que los hace excepcionales.

—¡Me encantaría verlos!— exclamó Ilesa.

—A mí, también— sonrió el Vicario—, y si sabemos que el Duque participa con algunos de sus caballos en cualquiera de las carreras que se celebran cerca de aquí, trataremos de ir a verlos.

Lanzó un suspiro.

—Por desgracia, Newmarket está muy lejos de este lugar. Tendríamos que pasar una noche en una posada, y eso cuesta dinero.

—Si salimos temprano, creo que podríamos volver por la noche, si hay luna— sugirió Ilesa.

El Vicario sonrió.

—Es una buena idea, y pensaremos en ella. Mientras tanto, tenemos que decidir qué caballos correrán en la carrera de Punta a Punta que se celebrará aquí la semana próxima. También espero que Red Rufus esté lo bastante fuerte como para llevarlo conmigo de cacería el próximo otoño.

Red Rufus se había lastimado una pata e Ilesa lo estaba atendiendo.

Le había dado masajes y se la había vendado.

El mozo que cuidaba los caballos estaba seguro de que la muchacha rezaba todas las noches porque Red Rufus se recuperase.

Ilesa le dijo a su padre.

—Te aseguro que Red Rufus estará perfectamente bien en un mes. Tendrás que montarlo con cuidado al principio; pero estoy convencida de que estará perfectamente para cazar en el otoño.

El Vicario palmeó su brazo, sonriente.

—Eso es lo que quiero hacer con él. Y sé, Querida Niña, que es gracias a ti que no haya quedado inútil.

Sonrió de nuevo y dijo en tono de broma:

—¡En la Edad Media te habrían quemado por bruja, así que ten cuidado!

—Si soy una bruja, entonces soy como Mamá, una bruja blanca— replicó Ilesa—. Ya sabes lo que solían decir sobre ella en el pueblo. Nunca mandaban llamar al doctor sino que siempre llamaban a Mamá. Sus hierbas curaban mucho más rápido que cualquier cosa que el doctor pudiera recetar.

—Eso es verdad— reconoció el Vicario—. Cuando me dolía la cabeza, ella me daba un masaje en la frente y el dolor desaparecía de forma inmediata.

Ilesa se mantuvo en silencio.

El dolor que había en la voz de su padre cuando hablaba de la esposa a la que había amado y perdido la conmovía.

Sin embargo, no había nada que ella pudiera decir para consolarlo.

Ahora, miró, sorprendida, a su hermanastra.

Se le ocurrió que sólo su madre habría podido enfrentarse a una situación tan difícil como la de que Doreen quisiera casarse con un duque.

Hubo una leve pausa. Luego, Doreen explotó:

—¡Debo casarme con él! ¡Me casaré con él! ¡Estoy decidida a casarme con él! ¡Pero en estos momentos sólo tú y Papá pueden ayudarme!

Capítulo 2

ILESA iba a contestar, cuando se escucharon ladridos y se sintieron rasguños en la puerta. La muchacha se puso de pie de un salto.

—Son los perros— dijo en forma innecesaria—. Los dejé encerrados cuando me fui a la iglesia. Ahora saben que he vuelto.

—¡No dejes que se me acerquen!— exclamó Doreen en tono amedrentado—. ¡Me dejarían la falda llena de pelos!

Ilesa no la oía.

Cruzó la habitación, corriendo, para abrir la puerta. Los perros se lanzaron al interior, saltando y ladrando de contento.

Eran dos spaniels e iban a todas partes con ella. Si se ausentaba, aun fuese por una sola hora, la recibían al volver como si lo hiciera de un largo viaje. Les dio unas palmaditas y los calmó.

Entonces, se sentó nuevamente en el suelo, junto a su hermanastra.

—Lo siento, Doreen— dijo—. Sé que no te gustan los perros, pero no te molestarán.

Los perros, en efecto, se habían acurrucado cerca de Ilesa y ya no hacían ruido alguno.

Doreen permaneció callada y, después de un momento, Ilesa dijo en tono amable:

—Estabas diciendo que necesitabas que te ayudáramos. Oyó a su hermanastra tomar una profunda bocanada de aire antes de que empezara a explicar:

—Conocí al Duque hace dos meses y comprendí en el acto que mi belleza lo había deslumbrado.

Había una nota de satisfacción en su voz que no pasó inadvertida a Ilesa.

—Es un hombre muy popular en Londres, desde luego— continuó diciendo Doreen—. El que me busque en todas las fiestas en las que coincidimos, y que las anfitrionas nos sienten uno al lado del otro, es muy halagador.

—Comprendo que lo hayas deslumbrado con tu belleza— comentó Ilesa—. Estás ahora más bonita que nunca, Doreen.

—Lo sé; pero tú lo sabes también, tengo casi veintiséis años y deseo volverme a casar.

—Estoy segura de que muchos hombres te deben haber pedido que seas su esposa— dijo Ilesa, comprensiva.

—Eso es cierto. Sin embargo, el Duque de Mountheron es único. Y, como ya te he dicho, mi propósito es casarme con él.

Hubo una pausa.

Luego, Ilesa dijo, casi como si hablara con ella misma:

—Pero él... ¿te ha... propuesto matrimonio?

—Ha estado muy cerca de hacerlo. De hecho, la última vez que estuvimos juntos sentí de forma instintiva que las palabras temblaban en sus labios.

Lanzó un leve suspiro y escuchó a Ilesa preguntar:

—Pero... ¿qué sucedió?

—Eso es lo que voy a decirte— contestó Doreen con una voz muy diferente—. El Duque tuvo que ausentarse de Londres por algún tiempo. Como yo me sentía muy sola, salí con Lord Randall, que estaba enamorado de mí desde hace más de dos años.

Ilesa escuchaba con atención y comprendió que alguien más había entrado en escena dentro del relato.

—Él me convenció, contra mi mejor juicio— prosiguió Doreen—, de que me quedara con él anoche en un hotel llamado *Las Tres Plumas*, que está como a diez millas de aquí.

Ilesa miró a su hermanastra con asombro.

—¿Quedarte... con él?— preguntó—. ¿Solos?

—¡Oh, no seas ridícula, Ilesa!— exclamó Doreen, disgustada—. Tal vez vivas entre nabos y coles, pero debes darte cuenta de que en Londres toda mujer casada que es bonita tiene siempre algún romance. Como ya te dije, Hugo Randall lleva ya algún tiempo enamorado de mí.

—¡Pero... tú estás... enamorada del... Duque!

Ilesa estaba tan sorprendida y escandalizada, que le resultaba difícil pronunciar las palabras y éstas eran casi incoherentes.

Hubo una leve pausa antes de que Doreen replicara:

—Intento *casarme* con el Duque, que es una cosa muy diferente. No sé si lo entiendes.

Ilesa se sintió desconcertada.

Tenía una idea vaga, como Doreen había dicho, de que la gente en Londres, sobre todo la que giraba en torno a la Casa Marlborough, era promiscua y tenía muchos idilios extramaritales.

Se hablaba de ellos a *sotto voce* en las fiestas a las que había asistido con sus padres.

De algún modo, nunca pensó que algún amigo suyo, y mucho menos un familiar, pudiera verse mezclado en algo así. Resultaba una sorpresa desagradable para ella saber que su hermanastra, que estaba enamorada de un hombre, tenía un romance con otro.

No podía entenderlo.

Tampoco podía aceptarlo como algo que estuviera sucediendo dentro de su ámbito familiar. Sus padres habían sido siempre fieles, consagrados el uno al otro en cuerpo y alma.

Jamás hablaban de cosas como aquéllas.

—Lo que sucedió— estaba diciendo Doreen—, y casi no vas a poder creer que haya yo tenido tan mala suerte, fue que al amanecer esta mañana, cuando yo dormía, un hombre a quien yo conozco, llamado Sir Mortimer Jackson, entró repentinamente en mi dormitorio.

—¡El Hotel se está quemando!—, gritó.—
¡Levántese rápido, si no quiere morir abrasada!

Ilesa lanzó un leve grito de horror.

—¿El Hotel se quemó, Doreen? ¡Qué terrible!
¿Cómo lograste escapar?

—Resultó que era una falsa alarma— contestó
Doreen—; pero, desde luego, yo me asusté mucho.

—Naturalmente— murmuró Ilesa.

—Hugo Randall se levantó... — continuó
diciendo Doreen.

—¿De... tu... cama?— tartamudeó Ilesa.

Doreen se exacerbó.

—¡Sí, sí, de mi cama! Pensaba irse a su habitación
unos minutos después. ¡Por eso digo que fue mala
suerte que ese horrible Sir Mortimer nos sorprendiera!

Habló en tono furioso y tenía el ceño fruncido.

Tras una pausa, Ilesa preguntó:

—Y dices que... en realidad... no había tal
incendio?

A lo que Doreen respondió:

—Hugo Randall fue a averiguar qué significaba
tanta alharaca y descubrió que uno de los sirvientes
había volcado grasa caliente en el fuego, o algo así.

La voz de Doreen temblaba de ira al continuar su
narración:

—Eso produjo una densa nube de humo, que se
elevó frente a la ventana de Sir Mortimer. Yo siempre
he considerado a ese hombre un tonto, como un
estúpido; pero, desgraciadamente, es un hombre
peligroso.

—¿Qué quieres....decir con eso?— preguntó Ilesa, tratando de comprender—. ¿Te reconoció?

—Por supuesto que me reconoció. Siempre lo he considerado como un hombre antipático y nunca me he cuidado de disimular que me desagrada. Así que, sin duda alguna, le informará al Duque lo que vio.

Por fin, Ilesa comprendió cuál era el problema y porqué Doreen estaba tan alterada.

Si el Duque se enteraba de la forma en que fue descubierta con Lord Randall, no era nada probable que le pidiera que fuera su esposa.

Miró a su hermanastra con gesto de impotencia.

¿Cómo podría ayudarla a salir de una situación así?

—He pensado las cosas con gran detenimiento— dijo Doreen en un tono ya más práctico—. Lo que tengo que hacer es impulsar al Duque a que me proponga el matrimonio antes de que vuelva a Londres, donde Sir Mortimer lo estará esperando, sin duda alguna.

—¿Estás... segura... muy segura, de que... hará... eso?— preguntó Ilesa—. A mí me suena muy poco caballeroso. Papá ha dicho siempre que un caballero... jamás menciona el nombre de una mujer... para denigrarla... en público, pues en ese caso se haría acreedor a que lo expulsaran de sus clubes.

—Los hombres como Sir Mortimer no actúan corno caballeros— comentó Doreen en tono de menosprecio—. Él busca hacerse agradable a la nobleza, proporcionando información que se considera divertida, o que resultaba útil en algún modo.

Ilesa preguntó:

—Entonces, ¿cómo puedes evitar que él hable de ti con el Duque?

Doreen suspiró antes de responder:

—Voy a asegurarme, como acabo de decir, de ver al Duque antes que él. Por eso le envié una nota inmediatamente, con uno de mis sirvientes, pidiéndole que viniera aquí esta tarde.

Ilesa miró a su hermanastra con profundo asombro.

—¿Qué viniera aquí?— repitió—. Pero, ¿por qué? ¿Cómo? ¿Dónde está él?

Doreen iba a contestar.

Sin embargo, repentinamente lanzó una exclamación.

—¡Los sirvientes!— gritó—. ¡Nunca pensé en los sirvientes!

Se puso de pie de un salto e Ilesa la oyó correr, a través del vestíbulo, hacia la puerta principal.

Suponía que la señora Briggs no haría entrar al cochero hasta que tuviera listo el almuerzo para él.

En ese caso, éste debía seguir en el carruaje, esperando instrucciones.

Escuchó la voz de Doreen en la distancia, aunque no pudo descifrar lo que decía. Después oyó el sonido del carruaje que se alejaba. Comprendió que Doreen había enviado al cochero a la posada.

Ilesa no se movió, pero uno de los spaniels se acurrucó más cerca de ella.

La muchacha le acarició la cabeza.

Le resultaba muy difícil creer lo que su hermanastra le había dicho, y todavía más difícil comprender su conducta.

¿Cómo era posible que Doreen pudiera ir a una posada y compartir la cama con un hombre con quien no estaba casada?

Ilesa nunca había estado en *Las Tres Plumas*, pero tenía referencia a propósito de que se trataba de la mejor posada del condado.

De hecho, era la utilizada por los caballeros de Londres cuando participaban en las carreras locales, tanto de Punta a Punta como de obstáculos.

De forma vaga, recordaba que su abuelo recomendaba a sus amigos que se hospedaran allí cuando asistían al baile de los cazadores o a alguna otra reunión importante, y la casa estaba llena.

La gente de Londres tenía que ser entonces acomodada donde quiera que hubiese una cama.

Pero Ilesa jamás pudo imaginar que su hermanastra pudiera hospedarse en tal lugar.

Mucho menos, actuar de una forma que habría horrorizado a su madre y perturbaría de manera profunda a su padre. Doreen volvió a entrar en la habitación.

—Se me había pasado por completo— dijo mientras se dirigía hacia el sillón en el que había estado sentada—. Si el Duque viene aquí, sus sirvientes hablarían con mi cochero y éste podría decirles dónde estuve anoche.

—¿Pe... pero cómo... sabes que el Duque... vendrá... aquí?— preguntó Ilesa.

—Recordé— explicó Doreen— que Papá tiene esos cuadros de Stubbs, sobre los cuales ustedes han hecho tanta alharaca.

Ilesa miró a su hermanastra con expresión interrogante y Doreen continuó:

—El Duque tiene una colección magnífica de cuadros de Stubbs.

Lanzó un leve suspiro de satisfacción y prosiguió:

—De pronto se me ocurrió que, como se encuentra en las cercanías, le encantaría ver los cuadros de Papá y, por supuesto, yo estaré aquí, esperándolo.

—¿Dices que está en las cercanías? ¿Dónde está hospedado?

—Con el Lord Representante de la Corona, desde luego. Con el Marqués de Exford.

Doreen contestó como si su hermanastra hubiera hecho una pregunta estúpida, y la propia Ilesa admitió que tenía razón en eso.

Era lógico que el Duque de Mountheron se alojara con el Marqués de Exford. Se trataba éste de un hombre muy distinguido, con una cuadra notable.

Su casa estaba a cierta distancia de Littlestone, pero el Vicario y su esposa habían sido invitados a cenar allí con frecuencia.

También solían asistir al *Garden Party* que el Marqués y su esposa ofrecían todos los años.

—Si el Duque está alojado con el Representante de la Corona— dijo Ilesa en tono reflexivo—, ¿crees, realmente, que vendrá aquí porque tú se lo has pedido?

—Ya te he dicho que es sólo cuestión de tiempo antes de que me pida que me case con él— replicó Doreen en tono brusco—. ¡No puedo correr el riesgo de perderlo todo, dejando que esa rata de Sir Mortimer arruine mi reputación!

Ilesa se quedó pensativa por un momento.

Luego, dijo:

—¿Qué vas a hacer si él habla de ti con el Duque después de que éste te haya pedido en matrimonio?

—En ese punto es en el que ustedes pueden ayudarme. Yo me alojé aquí anoche. Vamos, que he estado aquí desde que el Duque salió de Londres, que fue hace dos días.

Ilesa miró fijamente a su hermanastra.

—¿Me quieres... insinuar que vas a decirle... una mentira?

—Por supuesto— admitió Doreen—. Tú la vas a apoyar, dejando bien en claro que he estado alojada en mi viejo hogar, disfrutando de estar contigo y con Papá.

Ilesa contuvo la respiración.

—Tú sabes que... Papá jamás... miente— dijo titubeante.

—Entonces, hablaremos con él de este asunto con mucho tacto. Tú debes decir al duque:

—«Ha sido un gran placer tener a Doreen aquí con nosotros estos últimos días».

Fue con dificultad que Ilesa no contestó que a ella también le disgustaba decir mentiras.

Sus padres habían sido muy insistentes en que debía decir siempre la verdad, toda la verdad y nada más que la verdad. Sin embargo, sabía ahora que tendría que hacer lo que Doreen le pedía. De otro modo, su hermanastra provocaría uno de sus berrinches, que siempre la habían asustado cuando era niña.

Debido a que Ilesa era mucho más pequeña, Doreen siempre impuso su voluntad sobre ella.

Continuamente la obligaba a hacer lo que ella quería, aunque para ello tuviera que abofetearla o tirarle de los cabellos.

Ilesa, en todo caso, dudaba que a aquellas alturas fuera capaz de usar la violencia. Pero sabía muy bien la escena que provocaría si se negaba a apoyarla diciendo mentiras.

Indudablemente, Doreen había dado por sentado que Ilesa aceptaba hacer lo que le pedía.

—Ahora, no disponemos de mucho tiempo— dijo con rapidez—, así que será mejor que te vayas a arreglar un poco. No quiero que el Duque piense que no eres más que una pobre pueblerina.

Ilesa sintió que el color le subía a las mejillas.

Siempre había sido lo mismo. Cuando estaba con Doreen, ésta la hacía sentir torpe, fuera de lugar y definitivamente inferior.

—Me pondré el mejor vestido que tengo— dijo, poniéndose de pie—. Al mismo tiempo, Doreen, como tú sabes muy bien, no hemos dispuesto de mucho dinero para gastar en ropa. Papá tiene que ayudar a la gente que se quedó sin empleo cuando tío Robert cerró el Hall.

—Si tuvieras un poco de sentido común, no permitirías que Papá tirara su dinero en ese montón de pobretones.

Se levantó y añadió:

—Será mejor que yo suba contigo y trate de ponerte, cuando menos, presentable.

—Creo— dijo Ilesa con voz tímida—, que sería mejor que almorzáramos antes. Parece que Papá no volverá a tiempo. El almuerzo debe estar ya listo y la señora Briggs se molestará si dejamos que se enfríe.

—¡Oh, está bien!— accedió Doreen de mala gana—. Y, por lo que más quieras, ve si hay algo decente de comer en la casa, por si acaso, lo que creo muy improbable, el Duque se quedara a cenar.

Ilesa abrió incrédulamente los ojos.

Sabía que aquello, sin previo aviso, resultaría una catástrofe. Fue en aquellos momentos cuando el viejo Briggs, que actuaba como mayordomo, abrió la puerta. Llevaba tanto tiempo sirviendo en la vicaría como su esposa. Sin embargo, nunca había sido mayordomo en el sentido estricto de la palabra.

En cualquier caso, y cuando era necesario, tomaba este papel y lo hacía lo mejor que sabía.

Ahora, al igual que Nanny, era casi un miembro de la familia.

—El almuerzo está listo, señorita Ilesa— anunció—, y la señora Briggs dice que ha hecho lo mejor posible; pero que ella no puede realizar milagros cuando no se le avisa con tiempo, ésa es la verdad.

Doreen se mantuvo en silencio e Ilesa repuso:

—Pues yo estoy segura de que la señora Briggs sí ha hecho milagros, como siempre.

Briggs le sonrió antes de alejarse arrastrando los pies, más que caminando, debido a su reumatismo. Se dirigió por el pasillo hacia el comedor.

Doreen, por su parte, cruzó la habitación con paso altivo.

—No debemos perder mucho tiempo comiendo, cuando tenemos tantas cosas que hacer— dijo.

Ilesa no contestó.

Estaba pensando en lo desilusionada que se iba a sentir la señora Briggs si Doreen no decía algo agradable sobre el almuerzo, y se lo comentaría a ella cuando terminaran de comer.

Entraron en el comedor.

Se trataba de una pieza muy agradable y, como sucedía con la sala, sus ventanas daban al jardín.

La plata que había en la mesa brillaba bajo la luz del sol. Si había algo que a Briggs le gustara hacer era pulir toda la plata de la casa.

Briggs rebanó el cordero, cosa que solía hacer el Vicario.

Cuando lo sirvió, Ilesa pensó que estaba tan bien cocinado que le sería difícil a Doreen encontrar algo criticable. De cualquier modo, el almuerzo resultó incómodo, ya que Doreen habló muy poco.

Ilesa se sentía nerviosa respecto a lo que podía ocurrir.

Se estaba preguntando, si el Duque llegaba, como Doreen presentía que lo haría, cómo podría dejarlos solos sin que se advirtiese que era una cosa planeada.

Sería una terrible vergüenza que el Duque adivinara lo que se esperaba de él.

Ilesa sabía muy poco de los hombres.

Sin embargo, estaba segura de que a un hombre como el Duque le disgustaría que lo presionaran a hacer algo que no deseaba hacer.

Imaginaba que sabría ingeniárselas para evitar que lo pusieran en una situación comprometedora.

En ese caso, Doreen se pondría en extremo furiosa y pregonaría que todo había sido culpa suya.

Cuando terminaron el cordero, que estaba muy tierno, les sirvieron un plato de fresas.

Por fortuna, Ilesa las había recolectado el día anterior en la descuidada huerta de la Casa Grande.

Sabía que la señora Briggs las guardaba para el Vicario. No obstante, las sirvió en el almuerzo con un budín que había hecho para Ilesa.

Doreen rechazó los dos platos:

—¡No me gustan las fresas ni el budín!— protestó. Debido a que era posible que lo que había dicho hubiera sido escuchado en la cocina, Ilesa se sintió muy turbada.

Dirigió una mirada de advertencia a su hermanastra mientras decía:

—Estoy segura de que debes recordar que la señora Briggs hace budines muy distintos a los que hacen los demás. Nosotros siempre lo hemos considerado como una especialidad de la vicaría.

—¡Oh, está bien!— dijo Doreen.

Tomó una cucharada y la miró con desdén antes de llevarla a la boca. Como el budín estaba delicioso, comió una considerable porción del mismo. Después tomaron café y, al terminarlo, las dos hermanastras subieron al dormitorio de Ilesa.

Sin esperar a que ésta lo hiciera, Doreen abrió el ropero. No había muchos vestidos colgados en el mismo. Ilesa sabía demasiado bien que la mayor parte de ellos estaban ya muy viejos, y algunos casi deshilachados.

—Sin duda alguna, debes tener algo mejor que esto, ¿no?— inquirió Doreen.

Ilesa hizo un gesto negativo con la cabeza.

—Me... temo que... no. Iba a pedir a Papá que me diera dinero para un vestido nuevo, pero... había otros muchos... gastos que hacer.

Titubeó un poco al pronunciar las últimas palabras.

Lo cierto era que su padre empleaba casi todo su dinero en ayudar a los necesitados.

Doreen frunció el ceño y dijo:

—Entonces, supongo que tendré que prestarte algo.

Ilesa miró sorprendida a su hermanastra.

—Pensé que habías despedido tu carruaje.

Doreen negó con la cabeza.

—No soy tan tonta— dijo—. Le dije a mi cochero que dejara mi equipaje en la puerta de atrás. Supongo que tendrás algún mozo que pueda subirlo.

—Iré a decir a Briggs que llame a uno de los jardineros para que lo haga— dijo Ilesa—. Como habrás podido ver, él está ya demasiado viejo, y su reumatismo no le permite cargar nada pesado.

Doreen permaneció en silencio.

Ilesa salió corriendo de la habitación y bajó por las escaleras de servicio. Encontró a Briggs en la cocina y le comunicó lo que quería.

—¿Quiere usted decirme— preguntó la señora Briggs que la señora Doreen va a quedarse esta noche aquí?

—No estoy segura— contestó Ilesa.

De pronto se le ocurrió que su hermanastra trataría de hacer que el Duque la llevara con él a donde quiera que intentara ir.

Doreen no lo había dicho así, pero lo cierto es que había despedido su carruaje.

No habría forma de que pudiera salir de la vicaría, a menos que el Duque la llevara en su propio vehículo.

«¡Doreen es muy lista!», se dijo Ilesa. «¡A mí... jamás se me hubiera... ocurrido... eso!».

Pasó algún tiempo antes de que el magnífico baúl de cuero de Doreen fuera subido a su dormitorio.

Una vez que quedó depositado en el mismo, Ilesa comenzó a desabrochar las correas.

Doreen permaneció sentada en un sillón dando instrucciones.

—Hay un vestido del que me acordé en el último momento— dijo—, por si acaso me quedaba dos noches en *Las Tres Plumas*. Es azul pálido, con un pequeño cuello de muselina.

Ilesa encontró el vestido. Era extraordinariamente bonito, mas pensó que demasiado elegante para usarlo en una posada o en el campo.

En cualquier caso, Doreen comentó:

—Supongo que tendré que regalártelo.

—¡Oh... no puedes hacer... eso!— exclamó Ilesa—. Estoy segura de que querrás conservar un vestido tan maravilloso como éste.

Doreen hizo un gesto despectivo.

—Siempre pensé que no me quedaba particularmente bien—, se justificó— y que no era lo bastante elegante para mí. Pero, ciertamente, es mejor que cualquiera de los que tú tienes.

—¡Gracias... muchísimas... gracias!— exclamó Ilesa—. Es un... vestido precioso... y me siento muy... emocionada de tenerlo.

Se lo puso, mientras su hermanastra permanecía sentada, criticando su apariencia.

—¿Por qué no puedes arreglarte el cabello más elegantemente?— preguntó—. La forma en que te lo peinas pasó de moda hace cinco años.

Ilesa sonrió.

—No hay muchas personas en Littlestone que sepan cómo es la moda actual— dijo—. Y puedo decirte que los perros y los caballos, con los que paso la mayor parte del tiempo, no son realmente muy exigentes a ese respecto.

A Doreen el comentario no le pareció nada divertido. De modo que comentó:

—Tienes que pensar en tu posición. ¡Después de todo, eres, en cierto modo, mi hermana!

Ilesa sonrió.

—Sí... claro... Pero no te hemos visto mucho últimamente.

Doreen se empavonó al replicar:

—¡Causo tanta sensación en Londres, que, realmente, no tengo tiempo para ir a ninguna otra parte!

Entonces, como si no pudiera resistir la tentación de seguir jactándose de sí misma, empezó a describir a Ilesa con exactitud el tipo de éxito que había tenido. También le informó de cuántos hombres habían puesto el corazón a sus pies.

Aunque era muy ignorante respecto al mundo social, Ilesa comprendió que muchos de los caballeros que hacían a Doreen tan extravagantes cumplidos eran casados.

Y como leía los periódicos especializados en carreras de caballos, sabía que muchos de los admiradores de su hermanastra poseían magníficas cuadras.

Su hermanastra continuó hablando sin parar.

Ilesa trató de decirse a sí misma que no debía juzgar a Doreen de acuerdo con las normas y principios que su padre sostenía en Littlestone.

«Éste es un mundo diferente», pensó. «Tan diferente, que no debo caer en el error de compararlos».

Se daba cuenta de que era sólo porque estaba en problemas por lo que Doreen había vuelto a casa.

Ilesa sabía, desde tiempo atrás, que Doreen no sentía ningún aprecio por su familia.

A menos que necesitara de su ayuda, nunca se le hubiera ocurrido visitar la vicaría.

—Ahora, debes tener mucho, pero que mucho cuidado con lo que dices— le advirtió Doreen cuando volvieron al asunto del Duque—. Convéncelo de que he pasado aquí las dos últimas noches y no he visto a nadie, excepto a Papá y a ti. Hemos pasado las veladas sentadas en la salita hablando de los viejos tiempos.

—¿Y tú crees, realmente, que Su Señoría creerá eso? preguntó Ilesa—. ¿Lo creerá cuando más adelante Sir Mortimer le diga que te vio con Lord Randall en *Las Tres Plumas*?

—Era de madrugada y, aunque por desgracia Hugo había descorrido las cortinas, Sir Mortimer estaba muy agitado. Si vio a alguien que se parecía un poco a mí, sin duda alguna se equivocó.

Calló por un momento antes de continuar:

—Una mujer desnuda, con el cabello rubio cayéndole sobre los hombros, puede ser cualquiera. Si yo insisto en que no estuve allí y tú confirmas que estuve aquí, ¿por qué habría de creer el Duque a Sir Mortimer?

Doreen había hablado llena de confianza. Pero Ilesa era muy perceptiva y comprendió que se trataba de una confianza sólo aparente. Doreen en el fondo estaba muy nerviosa.

Entendía que debió haber sido una terrible impresión para ella el que Sir Mortimer hubiera irrumpido en su habitación.

Luego, cuando supo que sólo se trató de una falsa alarma, debió enfurecerla el saber que estaba en manos de un hombre del que desconfiaba y que no le agradaba.

Con Ilesa arreglada de una forma diferente a la acostumbrada, las dos hermanastras bajaron a la sala.

Todavía no había señales del Vicario.

Doreen, decidida a asegurarse de que no hubiera ninguna posibilidad de errores, dijo:

—Debes decir a Papá, si llega a casa después que el Duque, que he venido a verlos porque me sentí culpable de haber estado ausente tanto tiempo, y que no deseo que el Duque ni nadie más sepa cuánto hace que no vengo por aquí.

Ilesa asintió al responder:

—Estoy seguro de que Papá tiene suficiente tacto como para hacerte un reproche delante de un extraño.

Doreen pareció satisfecha y comentó:

—Está bien. Sólo dile que estoy muy emocionada de haber vuelto y que sería un error que alguien en Londres pensara que no tengo corazón o que me siento avergonzada de mi familia.

Ilesa no contestó y Doreen añadió con un tono desagradable de voz:

—¡Es en extremo irritante pensar que el Hall no está abierto! Hubiera llevado al Duque allí, y estoy segura de que se habría sentido impresionado si lo hubiera visto en tiempos del abuelo.

—Está muy diferente ahora— comentó Ilesa con un suspiro—. Hay polvo en todas partes, el hollín se ha desprendido de las chimeneas y las ventanas están tan sucias que hacen que las habitaciones se vean oscuras en pleno día.

—No quiero saber nada de eso— replicó Doreen—. Sigo pensando que fue muy desconsiderado el tío Robert al irse a la India de esa forma tan precipitada y dejar que la casa quedara en el descuido total.

Ilesa comprendió que Doreen hubiera querido demostrar al Duque que su familia tenía una casa grande y una extensa finca.

En cualquier caso, Ilesa pensaba que al Duque eso no le impresionaría mucho. Por lo que había leído respecto a él, sabía que tenía un gran número de propiedades.

En consecuencia, sin duda alguna, debía ser muy vanidoso. Y posiblemente, si se presentaba, echaría a perder la atmósfera feliz de su hogar.

«Él pertenece a Londres», se dijo Ilesa. «Y a mujeres como Doreen, que son muy hermosas, pero que hacen cosas que habrían escandalizado a Mamá... ¡que me escandalizan a mí! »

Las horas pasaban lentas. Se dio cuenta de que Doreen estaba nerviosa y muy atenta a cuanto sonido se escuchaba.

Para Ilesa, era un alivio que todo pareciera indicar que el Duque no llegaría. Pero, en ese caso, Doreen se desesperaría ante la idea de que Sir Mortimer pudiera ponerse en contacto con él y provocara problemas.

Ilesa se estaba diciendo que era ya definitivamente demasiado tarde como para que el Duque llegara, cuando llamaron a la puerta.

Si hubiera sido su padre, éste habría entrado sin llamar. Como no era su padre, debía ser el Duque.

Doreen pensó lo mismo. Se levantó de la silla para situarse frente a la chimenea.

Mientras Ilesa se estuvo cambiando, Doreen se había pasado todo el tiempo arreglándose el cabello y polveando el rostro. Se veía preciosa, de eso no había la menor duda. De hecho, su belleza parecía opacar la pequeña sala en la que se encontraban. Era evidente que Doreen pertenecía a otro mundo. La puerta se abrió.

—¡Su Señoría, el Duque de Mountheron, Señora!— anunció el viejo Briggs en voz alta.

Capítulo 3

El Duque de Mountheron se hallaba desayunando con sus anfitriones, el Marqués y la Marquesa de Exford. Junto al Marqués, había estado cabalgando desde las siete de la mañana.

Montó uno de los caballos más briosos y mejor criados de la cuadra de su anfitrión.

Estaban proyectando lo que harían después del desayuno, cuando entró un sirviente con una nota en una bandeja de plata.

Se la ofreció al Duque, que la tomó, sorprendido. Inmediatamente reconoció la letra y leyó el contenido con rapidez.

Acto seguido le dijo a la Marquesa:

—Se trata de una carta de Lady Barker. No tenía idea de que su hogar estuviera cerca de aquí, ni de que su padre fuera un Vicario.

—Así es— repuso la Marquesa—. Su padre es un hombre realmente encantador.

—Me dice— continuó el Duque, como si encontrara ello difícil de creer— que su padre tiene dos excelentes cuadros de Stubbs, que ella piensa que me gustaría ver.

—En verdad que son dos de sus mejores obras— confirmó el Marqués—, y Mark Harle tuvo la suerte de que su padre pudiera dejárselas, a su muerte, ya que no pertenecen a la herencia del condado.

El Duque enarcó las cejas y el Marqués explicó:

—Pensé que sabías que el abuelo de la hermosa Lady Barker era el Conde de Harlestone y que su padre es el hijo más joven de éste.

—En efecto, no lo sabía— confesó el Duque.

Se detuvo, con aire reflexivo,, antes de añadir:

—Yo conozco al actual Conde. ¿No se fue a la India?

—Fue nombrado gobernador de la Provincia de la Frontera Noroeste—asintió el Marqués—. Aunque fue un honor para él, sin duda, ha constituido una tragedia para la región.

—¿Por qué? — preguntó el Duque.

—Porque Robert Harlestone cerró la casa familiar y despidió prácticamente a todo el personal que trabajaba para él. Eso tiene muy preocupado a su hermano el Vicario.

Lanzó una leve risa antes de continuar:

—¡El Vicario me convenció de que aceptara a dos mozos de cuadra que no necesito y a un guardabosques que tampoco me hace falta!

La Marquesa sonrió.

—Nadie puede resistirse al Vicario cuando pide algo de esa forma suplicante. Ahora tengo dos jóvenes doncellas que también me vienen de más.

Calló por un momento para agregar después:

—La segunda hija de Mark Harle, Ilesa, es la muchacha más deliciosa que nadie pueda imaginar. Ha estado tratando de ocupar el puesto de su madre en la aldea. Cuida de las mujeres que están enfermas y de los jóvenes que no pueden encontrar empleo desde que cerraron el Hall.

—Tan mal están las cosas? — inquirió el Duque.

—Peor todavía— afirmó la Marquesa—. Como es bien sabido, en un pueblo pequeño, el dueño de la Casa Grande es siempre el único patrón.

El Duque asintió con la cabeza y la Marquesa continuó:

—Los problemas que en el pueblo ha causado la partida de Robert Harleston hacia la India le está rompiendo el corazón a su hermano, y también, creo, a su hija.

El Duque bajó de nuevo la mirada hacia la nota que tenía en la mano.

—Lady Barker me invita aquí a que vaya a ver los cuadros de su padre en mi camino de regreso a casa— indicó.

—Eso es algo que ciertamente vale la pena que hagas sugirió el Marqués— excepto, desde luego, que tú querrás añadir los cuadros a tu colección.

—Tengo la impresión— intervino la Marquesa— de que el Vicario disfruta tanto de sus cuadros como Su Señoría disfruta de los suyos, y que no se separaría de ellos por todo el oro del mundo.

—Entonces seré muy diplomático y no le pediré que me los venda— prometió el Duque.

Sentía pasión por los cuadros de Stubbs. Los había estado adquiriendo desde hacía algún tiempo. Compraba cuanta obra de Stubbs era puesta a la venta y había logrado, reunir una de las mejores colecciones de Inglaterra.

Ya no poco avanzada la tarde, el Duque se dirigió, en su carruaje tirado por cuatro caballos, hacia la aldea de Littlestone. Le sorprendía que Doreen Barker le hubiera hablado mucho de su esposo y de las posesiones de éste, pero nunca le hubiera mencionado a su propia familia.

Pensó con cierto cinismo que tal vez no se sentía particularmente orgullosa de ser la hija de un vicario.

Ciertamente, era muy hermosa y su belleza tenía fascinado a todo Londres.

El Duque, sin embargo, se daba perfecta cuenta de que era ella quien lo había perseguido a él y no él a ella. Él, simplemente, había cedido a la evidente invitación que había en sus expresivos ojos.

No habría sido el conocedor de mujeres que era si no hubiera apreciado la perfección de su figura y de sus facciones clásicas.

Sería en verdad algo nuevo para él verla en el campo. Se preguntó qué pensaría su padre, como vicario que era de la conducta un tanto escandalosa de su hija en Londres. El Duque sabía muy bien que él no era el primer amante de Doreen. Y, pensó, retorciendo un poco los labios, que tampoco sería el último. En cualquier caso, Doreen era, sin lugar a dudas, la mujer más hermosa de Mayfair.

Cuando el Duque entró en la sala, después de haber sido anunciado por Briggs, Ilesa contuvo la respiración.

Estaba descosa de ver a aquel hombre con quien su hermanastra pretendía casarse. Presentía que el Duque no le agradaría. Desaprobaba la forma en que se estaban comportando él y su hermanastra.

Lo que era más, y si como ella sospechaba el Duque tenía el hábito de sostener romances amorosos con cuanta mujer hermosa conocía, lo despreciaba.

«Eso está muy mal y Doreen debía darse cuenta de ello», se dijo Ilesa.

Sin embargo, cuando miró al Duque, se sintió muy sorprendida. No era, en modo alguno, lo que ella esperaba. Era alto, de hombros anchos y muy apuesto. Había algo en él que no cuadraba con la imagen que se había formado en su mente.

Cuando entró en la sala, Ilesa pareció sentir que sus vibraciones se dirigían hacia ella. Acto seguido, cuando los perros saltaron llenos de excitación y corrieron hacia él, el Duque se inclinó para palmearlos cariñosamente. Fue una acción que pareció hacerlo más humano. Y, por supuesto, más comprensivo que el impresionante aristócrata de su imaginación con quien Doreen quería casarse por su título.

Su hermanastra avanzó hacia él.

—¡Drogo! — exclamó con una voz arrulladora que Ilesa nunca antes le había oído—. ¡Qué maravilloso que hayas venido! Estaba rezando porque tuvieras la oportunidad de visitarme antes de viajar a Heron.

—¿Cómo podía yo rechazar la deliciosa invitación que me hiciste para que viese los cuadros de tu padre?— sonrió el Duque.

Doreen se había detenido muy cerca de él, con la vista levantada hacia su rostro. Había puesto sus manos en las del Duque y éste se llevó una de ellas a los labios.

—¿Necesito decirte lo bella que estás?— preguntó.

—Eso es lo que quiero escuchar— contestó Doreen con voz muy suave.

El Duque miró hacia Ilesa. Entonces en un tono diferente de voz, Doreen dijo:

—Permíteme que te presente a mi hermanastra Ilesa.

—Doreen nunca me dijo— comentó el Duque, extendiendo la mano— que tenía una hermanastra.

Ilesa sonrió.

—Yo he oído hablar mucho acerca de sus caballos, Señoría. ¿Son realmente tan buenos como dicen los periódicos?

Los ojos del Duque brillaron alegremente.

—¡Mejores todavía!— se vanaglorió.

—Entonces, usted es muy afortunado, ó tal vez muy inteligente— comentó Ilesa.

—Creo que ése es un cumplido indirecto que yo agradezco con sinceridad— dijo el Duque, riendo.

Los perros se habían echado sobre la alfombra cuando ellos comenzaron a hablar. Ahora, alzaron la cabeza. Ello reveló a Ilesa que su padre había regresado.

—Creo que es Papá— dijo con rapidez a Doreen.

Con una mirada de advertencia, corrió a través de la habitación y salió al vestíbulo. Tenía razón.

El Vicario estaba entrando en esos momentos por la puerta principal.

Tan pronto como vio a su hija, preguntó:

—¿Quién está aquí? Hay un extraordinario tiro de caballos ahí afuera.

—Pertenece al Duque de Mountheron, Papá— contestó Ilesa—, pero antes de que lo conozcas quiero hablar contigo a solas un momento.

El Vicario pareció sorprendido.

No obstante, depositó su sombrero en una de las sillas y se encaminó hacia su estudio.

Ilesa lo siguió y, una vez en el interior de la pieza, cerró la puerta.

—¿Qué significa todo esto?— preguntó el Vicario—. ¿Y para qué puede querer verme Mountheron?

—Vino a ver a Doreen— explicó Ilesa.

—¿Doreen? ¿Me quieres decir que ella... está aquí?

—Llegó inesperadamente poco antes del almuerzo. Papá, es muy importante que, cuando entres en la sala, no te muestres sorprendido de verla, porque se supone que está aquí desde hace dos días.

El Vicario hizo un gesto de incomprensión:

—Sigo sin entender qué significa todo esto.

E Ilesa insistió:

—Sé que es muy complicado, Papá; pero, por favor, es muy importante que parezca que ha pasado aquí, cuando menos, las últimas dos noches.

—No entiendo lo que está ocurriendo— replicó el Vicario con voz aguda—. Lo que sí sé es que no voy a decir mentiras por Doreen ni por nadie.

—No es exactamente cuestión de decir mentiras— dijo Ilesa con lentitud.

Entonces tuvo una idea repentina y añadió:

—¿Sabes, Papá? Doreen está enamorada del Duque y ella piensa que él está a punto de proponerle matrimonio. Pero no quiere que él piense que anda corriendo tras él.

Para su alivio, su Padre sonrió.

—Eso es muy sensato por su parte, naturalmente— dijo—. A todo hombre le gusta ser él el cazador.

Ilesa suspiró.

—Estaba segura de que lo entenderías, Papá. Por favor, trata a Doreen como si hubiera estado en la casa durante los últimos dos días. Entonces, podemos dejar que ella atrape al Duque a su modo.

El Vicario se rió.

—¡Será muy hábil si logra hacer eso!— comentó.— Estoy seguro de que Mountheron ha sido perseguido por todo tipo de mujeres desde que salió de la escuela, por lo que imagino que a Doreen le va a resultar difícil llevarlo al altar.

—Pero ella anhela ser Duquesa— indicó Ilesa.

—Supongo que ésa es la ambición de muchas mujeres, excepto de alguien como tu madre y, espero, como tú.

Ilesa le sonrió.

—Lo único que deseo cuando me case, Papá, es ser tan feliz como lo fueron, Mamá y tú.

—Eso es lo que yo deseo para ti— estuvo de acuerdo el Vicario.

Ilesa vio el dolor que había en sus ojos, un dolor que aparecía siempre que hablaba de su esposa.

Mas, sobreponiéndose, el Vicario dijo:

—Ahora que me has dicho cómo debo comportarme, vamos a conocer al Duque.

Salió del estudio y su hija lo siguió.

Cuando entraron en la sala, Ilesa advirtió que su hermanastra estaba tensa, temerosa de lo que su padre pudiera decir. El Vicario, sin embargo se mostró muy tranquilo.

—¡Ésta es una sorpresa! — dijo al dirigirse hacia el Duque, con la mano extendida—. ¡No pude imaginar; al llegar a casa, quién entre todos mis feligreses podía tener el más extraordinario tiro de caballos que he visto nunca!

El Duque se rió.

—Me alegra que le gusten. Es una adquisición reciente. Los caballos han sido tan bien entrenados, que es una delicia conducirlos.

El Vicario caminó hacia la chimenea y se quedó de pie, de espaldas a ella.

—Debo felicitarlo— dijo— por su éxito en el Gran Nacional. Es una lástima que le arrebataran el primer puesto en el último tramo; pero su caballo, en verdad, hizo un gran papel.

—Así me pareció a mí— reconoció el Duque—. Hablando de caballos, señor Vicario, sospecho que su hija le ha dicho ya porqué estaba yo tan impaciente por visitarlo.

El Vicario lo miró con expresión interrogadora, e Ilesa comprendió que su padre estaba pensando que el Duque iba a decirle que deseaba casarse con Doreen.

En cambio, el Duque explicó:

—Me han dicho que posee usted dos magníficos cuadros de Stubbs. Como tal vez usted sepa, yo tengo una colección de ellos de la que me siento muy orgulloso.

—He oído eso— dijo el Vicario—, y algo me han dicho respecto a que compró un cuadro particularmente bueno en *Christie's* el mes pasado.

—Es cierto— asintió el Duque—, pero ahora estoy deseoso de ver los suyos.

El Vicario hizo un gesto con la mano.

—En ese caso, desde luego, me sentiré encantado de mostrar a Su Señoría mis Stubbs. Son interesantes, pero también demasiado pocos para poder considerarlos como una colección.

Atravesó la habitación para conducir a los demás hacia la puerta y Doreen dirigió una rápida mirada a su hermanastra.

Ilesa comprendió que se sentía en extremo aliviada.

Su padre no le había hecho caso alguno, evidenciando con ello que daba su presencia allí como un hecho que no necesitaba comentarios.

El Vicario los condujo al estudio donde conversara unos minutos antes con Ilesa.

Colgado en una pared, de tal modo que recibía la luz de la ventana para su mayor lucimiento, destacaba un cuadro magnífico.

Ilesa sabía que era una de las obras maestras de Stubbs más controvertidas y fuera de lo común.

Tan pronto como el Duque lo vio, lanzó lo que era casi un grito de deleite.

—Tiene usted el retrato de John Muster!— exclamó—. ¡Siempre había deseado verlo!

—Pensé que le interesaría a usted— dijo el Vicario.

Ilesa conocía la historia del cuadro, que había escuchado un centenar de veces, desde el momento en que su padre tomara posesión del mismo.

John Muster había sido pintado por Stubbs con su esposa Sofía. Por desgracia, la relación entre ellos se derrumbó estrepitosamente, ya que él pensaba que ella le había sido infiel. Como consecuencia de ello, decidió que Sofía fuera eliminada del cuadro y sustituida por el Reverendo Philip Story. Stubbs hizo lo que le pidieron.

Borró la figura de Sofía y la sustituyó por la del Clérigo.

Sin embargo, omitió convertir la silla lateral en la que Sofía había estado sentada por otra adecuada para un hombre. El Vicario hizo notar aquel detalle al Duque y dijo, riendo:

—Desde luego, es una anécdota que yo tenga un retrato del Vicario, aunque no puedo competir con su hazaña de haber tenido... ¡catorce hijos!

El Duque se rió.

—¡Por supuesto! Sin embargo, es evidente que compartía con John Muster la pasión por cazar zorros. Muster tenía unos sabuesos muy famosos.

—Hemos dicho cuanto puede decirse de este cuadro— comentó el Vicario—. Ahora, veamos el otro.

El segundo cuadro que el Vicario heredara de su padre se hallaba colgado en otra pared.

Mostraba a varios sabuesos colocados a lo largo del lienzo como si estuvieran posando en una exposición, ante los ojos de un juez.

Había un perro, una perra, un perro, una perra, un perro... El Duque se quedó mirándolo por algún tiempo.

—Ésta es la única obra conocida, Vicario— dijo—, en la que Stubbs colocó a los sabuesos de este modo. Usted es en extremo afortunado de tenerlo y yo lo envidio sinceramente.

—Estoy seguro de que no necesita hacer tal cosa, Señoría— repuso el Vicario—, cuando usted mismo tiene tantos ejemplos de la obra de Stubbs.

—Los cuales, desde luego, usted debe admirar— invitó el Duque—. ¿Cuándo puede venir a alojarse conmigo a Heron y decirme lo que yo ignoro sobre mis propios cuadros?

El Vicario se rió.

—Tendría que ser muy entendido, para poder hacer eso. Pero, desde luego, me causaría un gran placer admirar no sólo sus Stubbs, sino también sus caballos.

El Duque titubeó un momento. Luego, inesperadamente, dijo:

—Me dirigía a casa ahora mismo, mas si ustedes me ofrecieran un cama para esta noche, podríamos ir todos juntos a Heron mañana.

El Vicario pareció sorprendido.

Entonces, y antes de que pudiera dar una respuesta, Doreen exclamó:

—¡Ésa es una idea maravillosa! Me encantaría que Papá conociera Heron, que es la casa más hermosa que he visto en mi vida.

La forma en que lo dijo dejó bien claro que admiraba en igual forma a su propietario y como se diera cuenta de que el Duque estaba mirando a Ilesa, añadió con rapidez:

—Estoy segura de que sería difícil para mi hermanastra venir, sin embargo. Ella tiene muchos deberes que cumplir aquí en el pueblo.

Entonces, el Vicario intervino:

—Los deberes de ambos, en realidad, terminan después del servicio matinal de mañana. No tengo servicio vespertino los domingos.

Aquello era verdad.

La aldea se había quedado tan vacía desde que se cerrara la Casa Grande, que era posible para los que seguían en ella formar una sola congregación los domingos. El Vicario, por lo tanto, había cancelado temporalmente los servicios vespertinos. Solo con Ilesa, leía el servicio en la intimidad de su propio estudio.

—En ese caso— dijo el Duque—, será para mí un gran placer invitar a usted y a sus dos hijas a Heron.

Si iba a pasar la noche en la casa, ello significaba que también se quedaría a cenar.

Ilesa salió del estudio discretamente para ir a decir a la señora Briggs que tenían otro invitado además de Doreen. La señora Briggs alzó los brazos en un gesto de horror. Al mismo tiempo, Ilesa comprendió que estaba realmente encantada de tener la oportunidad de cocinar para un Duque. Trataría de lucirse lo más que le fuera posible.

Briggs estaba descansando sus piernas enfermas en una banqueta.

—Creo— le dijo Ilesa— que tenemos una botella de clarete que Su Señoría le regaló a Papá antes de irse a la India.

—Así es, señorita Ilesa— asintió Briggs—, y hay algunas botellas de vino blanco también, que se trajeron del Hall. No tantas como hubiéramos querido, pero las suficientes para el señor Duque.

—Sé que puedo dejar eso en sus manos, Briggs— le sonrió Ilesa.

Al salir de la cocina, pensó que era evidente que a su hermanastra no le hacía gracia que ella fuera a Heron. Había visto la expresión en el rostro de Doreen cuando el Duque los invitó a todos. Parecía ridículo que una mujer tan hermosa como Doreen pudiera mostrarse celosa.

«Debo tener mucho cuidado», se dijo. «De cualquier modo, ¿por qué iba el Duque a fijarse en mí, cuando Doreen se ve tan preciosa?»

Sin embargo, comprendió que ella misma estaba intensamente consciente del Duque. Suponía que se debía a que era muy diferente a cualquier hombre que hubiera conocido antes. Cuando le estrechó la mano, percibió una extraña vibración. Era algo que no sentía con frecuencia.

«Tiene una fuerte personalidad», se dijo «y eso es lo que les falta a muchas personas».

Pero Ilesa no pudo explicarse qué quería decir con eso exactamente.

Cuando volvió a la sala, se encontró escuchando con verdadero interés las diferentes entonaciones de la voz del Duque. Le resultaba difícil no observarlo mientras hablaba con su padre.

Ilesa no permaneció con ellos mucho tiempo, sino que subió para buscar a Nanny y decirle que tenía dos visitantes que dormirían en la casa.

Nanny había estado fuera todo el día, visitando a una mujer enferma. Le había llevado una medicina especial, hecha a base de hierbas, que la madre de Ilesa solía utilizar para la gente del pueblo.

Cuando Ilesa llegó a su habitación encontró a Nanny quitándose el sombrero.

—¿Qué es todo esto que he escuchado, señorita Ilesa?— preguntó—. ¡La señora Doreen llega de forma inesperada, y ahora tenemos aquí al Duque de Mountheron! ¡Casi no puedo creerlo!

—Es verdad, Nanny— asintió Ilesa—. Doreen llegó a casa poco antes del almuerzo, pero quiere que simulemos que se encuentra aquí desde hace dos días.

Nanny la miró, sorprendida.

—¿Y eso por qué?, ¿me lo quiere usted decir?— preguntó en tono agudo.

—Porque, Nanny, Doreen quiere casarse con el Duque, más no desea que él crea que anda corriendo tras él.

—¡Lo cual supongo que es lo que está haciendo!— concluyó Nanny—. ¡Y eso no me sorprende nada!

—Oh, por favor, Nanny, ten mucho cuidado, porque, de otra manera, Doreen se pondrá furiosa con nosotros, y es muy agradable tenerla en casa.

—Supongo que ella le dio ese vestido que lleva puesto. ¡De verdad que se ve usted muy elegante!

—Sólo me lo prestó— corrigió Ilesa—. ¿Y qué crees? ¡Papá y yo iremos en el carruaje del Duque mañana, con él, para alojarnos en su casa de campo y podremos ver su famosa colección de cuadros de Stubbs!.

Nanny la miró con fijeza por un momento.

Luego, dijo:

—Vaya, ésa sí es una buena noticia! Ya es hora de que salga usted del pueblo y vea un poco de mundo. Por lo que he oído, Heron es el lugar adecuado para contemplar un poco de grandeza.

—Eso es lo que espero contemplar— dijo Ilesa, riendo—. Pero, Nanny, no tengo apenas nada que ponerme, como tú bien sabes.

—Tendremos que encontrarle algo, Queridita— comentó Nanny llena de confianza —. Y es un paso en la dirección correcta que la señora Doreen le proporcione algo de ropa. ¡No le ha regalado ni un pañuelo en todos estos últimos años!

Nanny se expresó en tono agrio, mas muy, sinceramente. Ilesa sabía que nunca le había perdonado realmente a Doreen el no haber asistido al funeral de su madrastra.

Ciertamente, aquello había dado lugar a muchos comentarios en el pueblo. Nanny había expresado con cruda franqueza lo que pensaba al respecto, en numerosas ocasiones.

A Doreen, como era hermosa y rica, se la citaba con frecuencia en todos los periódicos.

Sin embargo, jamás hizo intento alguno por ayudar a su padre en su caritativa obra.

Aquello era algo que Ilesa no tenía deseos de comentar. De modo que salió del cuarto de Nanny y se dirigió a su propio dormitorio.

Sabía que el primer problema, antes de viajar a Heron, era encontrar algo que ponerse para la cena de aquella noche. Sin duda alguna, Doreen se mostraría muy criticona y no podía presentarse a la cena con el mismo vestido que llevaba puesto en aquellos momentos.

Contempló su guardarropa y lanzó un suspiro. Había estado tan ocupada ayudando a su padre los dos últimos años, que no había tenido tiempo de pensar en sí misma ni en su apariencia.

Oyó que Nanny entraba en una de las habitaciones para invitados al objeto de preparar la cama de Doreen.

Haría después lo mismo para el Duque, de modo que Ilesa fue a ayudarla.

Por fortuna, y gracias a que Nanny era tan meticulosa, las habitaciones estaban limpias.

Ilesa tomó dos floreros de su propia habitación.

Situó uno de ellos en el dormitorio que iba a ocupar Doreen y el otro en el que ocuparía el Duque.

—Supongo que su mozo le servirá de ayuda de cámara, Nanny— dijo—. El pobre de Briggs no podrá hacer eso, además de poner la mesa y repasar la plata.

—Yo me encargaré de todo— prometió Nanny—. Usted vaya a ponerse bonita. Luego le iré a arreglar el cabello antes de que baje al comedor.

Ilesa suspiró.

—Gracias, Nanny. Doreen ha criticado ya mucho mi apariencia, y no puedo imaginar qué voy a ponerme para cenar esta noche.

—Hay un vestido en el guardarropa de su madre que le quedará perfectamente— le informó Nanny.

Ilesa se quedó inmóvil.

—¿Crees que no le molestaría a Papá que use la ropa de Mamá?

Nanny sonrió.

—Dudo mucho que lo note siquiera. Los hombres no son muy perceptivos en lo que se refiere a la ropa de las mujeres, y el vestido en el que estoy pensando es muy sencillo.

El Vicario siempre se había negado a que sacaran algo perteneciente a su esposa de la habitación que había compartido con ella.

Ilesa sabía que los vestidos de su madre se hallaban todos colgados todavía en el guardarropa, tal y como lo habían estado siempre.

Si entraba en aquella habitación, se sentiría como una intrusa en un lugar sagrado.

Sin embargo, comprendió que su madre, más que nadie, habría querido que ella se viera lo mejor posible si así ayudaba a Doreen.

Ciertamente, parecía extraño el que Doreen se presentara tan elegante como siempre, mientras su hermanastra se mostraba como un saco de trapos viejos.

De cualquier modo, no había tiempo para más divagaciones.

Cuando Nanny terminó de arreglar las habitaciones, Ilesa oyó como su padre conducía al Duque escaleras arriba al objeto de cambiarse para la cena.

Ilesa entró corriendo en su habitación.

Unos segundos más tarde, Nanny se reunió con ella.

Llevaba consigo un vestido muy bonito que su madre solía utilizar cuando el matrimonio salía a cenar fuera de casa.

Era de un tono muy pálido de malva y en Ilesa hacía que ésta se viera como una violeta de Parma.

Nanny le arregló el cabello con gran habilidad en la misma forma en que Doreen llevaba el suyo.

Cuando Ilesa se vio en el espejo, sonrió.

—Veo a una joven extraña, Nanny— dijo—, a la que nunca antes había visto.

—Hará que su padre se sienta orgulloso de usted— comentó Nanny—. Y no podría decir nada mejor que eso.

Ilesa la besó en la mejilla y caminó hacia la puerta, desde donde dijo:

—Será mejor que vayas a ver si puedes ayudar a Doreen, Nanny. Estoy segura de que está acostumbrada a que la ayuden una doncella y media docena de personas más.

—¡Es una pena que ella no ayude a otras personas!— repuso Nanny en tono agrio.

E Ilesa sonrió.

No venía al caso discutir con Nanny, que siempre pronunciaba la última palabra, y estaba segura de que le diría lo mismo a Doreen.

Bajó a toda prisa la escalera y estaba arreglando un poco la sala cuando entró en ella el Duque.

Si se veía impresionante con su ropa de día, resultaba imponente con su traje de noche.

Por un momento, Ilesa se quedó inmóvil, simplemente, mirándolo. Entonces se dio cuenta de que él la miraba de la misma forma. Con rapidez, porque sentía que era embarazoso el seguir en silencio, Ilesa murmuró:

—Espero que Su Señoría haya encontrado todo lo que deseaba. Nosotros no recibimos visitas con frecuencia y Papá se incomodaría mucho si usted no estuviera bien atendido.

—Dispongo de todo lo que podía desear— manifestó el Duque—, y no puede imaginarse lo emocionante que fue para mí ver dos cuadros de Stubbs de los que había oído hablar siempre y nunca antes tuve la oportunidad de contemplar.

Ilesa sonrió y dijo:

—Son el placer y el orgullo de Papá. Mi abuelo tenía otros cuadros muy buenos, de otros artistas, pero, naturalmente, ahora pertenecen a mi tío Robert.

—He visto a su tío en varias ocasiones— comentó el Duque—. Estoy seguro de que tendrá un gran éxito en la India, si bien tengo entendido que el que haya cerrado la casa ha planteado muchos problemas a la aldea.

Ilesa suspiró.

—Ha sido terrible para Papá— dijo—. La mayor parte de la gente que vive en ella trabajaba en el Hall y no tenía idea de cómo encontrar trabajo en otra parte. Papá ha hecho todo lo posible por ayudarla, pero no ha sido fácil.

—Eso fue lo que me dijeron mis anfitriones— informó el Duque.

—El Marqués fue muy bondadoso al aceptar a uno de los guardabosques— dijo Ilesa—. Se trata de un hombre muy decente, con esposa y cinco hijos. No hubiera podido sostenerlos con la pequeña pensión, que fue todo lo que Papá pudo proporcionarle.

—Pero eso debió haberlo hecho su tío, ¿no?

—Mi tío pensionó a muchos de los ancianos, pero le fue imposible hacer lo mismo con todos. Tengo entendido que resulta muy costoso ser gobernador de una provincia en la India.

—Eso es verdad— admitió el Duque—. Sin embargo, no fue correcto que dejara a su padre todas las dificultades que han surgido en su ausencia.

Calló por unos instantes antes de añadir:

—Y a usted! He sabido que está haciendo mucho bien, igualmente.

Ilesa sonrió.

—Es sólo lo que habría hecho Mamá si viviera. Y gracias, muchas gracias por invitar a Papá a su casa.

Le hará mucho bien alejarse y olvidar todos los problemas que sus feligreses le traen todos los días.

Lo dijo de una forma que demostraba lo mucho que aquella invitación significaba para ella también.

El Duque estaba pensando que era extraordinario que una muchacha tan joven y tan bonita se preocupara de la sencilla gente de un pueblo.

Al mismo tiempo, había advertido que Ilesa no era consciente de su belleza. Estaba acostumbrado a las mujeres que coqueteaban con él, presuntuosas con cada palabra que decían, con cada movimiento de sus labios y con cada mirada que le dirigían.

Ilesa se comportaba con increíble naturalidad.

El Duque sabía que estaba pensando en su padre, y no en sí misma, cuando hablaba del viaje a Heron.

El Vicario se reunió con ellos e Ilesa dijo:

—Olvidaba decirte, Papá, que el brazo del señor Craig está mucho mejor. Me pidió que te dijera que se debía a las hierbas de Mamá, que, según las describió, eran un regalo del cielo mismo.

El Vicario sonrió.

—¡Ésa es una noticia excelente! Tenía yo mucho miedo de que fuera a perder la mano.

—Lo vi esta mañana, antes de arreglar las flores de la iglesia— continuó diciendo Ilesa—, y ya se encuentra casi perfectamente.

—¿Quién es el señor Craig?— preguntó el Duque.

—Es el carnicero— contestó Ilesa—. Estaba cortando la carne, cuando se le resbaló el cuchillo y se produjo una herida terrible por encima de la muñeca. Temíamos que perdería la mano.

—Y las hierbas con las que usted lo trató se la salvaron?— preguntó el Duque como si estuviera tratando de entender.

—Son una preparación especial que Mamá siempre usaba para emergencias como ésta— le explicó Ilesa—. Es muy difícil lograr que un médico venga hasta aquí. Algunas veces, se niegan a hacerlo porque no hay la menor posibilidad de que se les pague.

—¡Así que usted ha ocupado su lugar!— exclamó el Duque.

—No soy tan buena como era Mamá, pero me emociona mucho haber hecho lo correcto en lo que al señor Craig se refiere.

El Duque iba a preguntar algo más, cuando la puerta se abrió e hizo su aparición Doreen.

Ciertamente, estaba fantástica, con un vestido que debió haber costado más de lo que el Vicario ganaba en un año. Al deslizarse hacia el Duque, resplandecía a la luz del sol poniente. Ilesa imaginó que se vería maravillosa a la luz de las velas del comedor.

El Duque la observaba con curiosidad y, pensó Ilesa, con no poca admiración.

«Estoy segura de que le pedirá que se case con él», decidió Ilesa. «Entonces, Doreen será feliz».

Al pensar eso, recordó al otro hombre: al hombre que la había amado desde hacía algún tiempo. El hombre respecto al cual Sir Mortimer Jackson intentaba buscarle problemas.

«¿Puede Doreen, realmente, amar a dos hombres al mismo tiempo?», se preguntó Ilesa.

Entonces, cuando vio a su hermanastra mirar al Duque en forma muy coqueta, se recordó a sí misma que ella era muy joven e inexperta.

Decidió no tratar de comprender lo que estaba sucediendo. Aquél no era su mundo. El mundo en el que ella vivía y la clase de dificultades que encontraba en el mismo era muy diferente. Su mundo se refería a personas ordinarias, cuyo problema era, simplemente, cómo sobrevivir.

«Eso es lo que realmente importa», se dijo Ilesa. «Si Doreen se convierte en Duquesa, es muy improbable que volvamos a verla».

Vio a su hermanastra tocar el brazo del Duque de una forma íntima, que era casi una caricia.

«¡Ella ha ganado!», decidió Ilesa.

Entonces, no pudo por menos que preguntarse si el Duque tenía idea de que había otros hombres en la vida de su hermanastra.

Y si lo sabía... ¿le importaba?

Capítulo 4

A la mañana siguiente, Ilesa despertó temprano, a pesar de haber tardado mucho en dormirse. Sabía que no estaba bien por su parte, y el recuerdo la avergonzaba, pero había permanecido despierta preguntándose si el Duque acudiría al dormitorio de Doreen.

Había oído a su hermanastra informándole de quién dormía en cada habitación cuando subieron a acostarse.

—Papá ocupa la amplia habitación del fondo—había dicho Doreen—, y que parece desproporcionada en comparación con el resto de la casa. Pero Mamá y él disponían de una especie de *suite,* con un vestidor para Papá y un *saloncito* para Mamá, donde ella escribía sus cartas.

Sonrió con dulzura al Duque.

—Yo solía pensar, cuando era niña que era enorme; pero eso fue antes de haber visto una casa como la tuya.

Hizo que las palabras sonaran acariciadoras y continuó:

—Ahora, cuando vengo a casa, no duermo en el cuarto que tenía de niña, sino en un dormitorio para huéspedes. Como tú y yo estamos aquí como huéspedes, nuestros dormitorios están uno al lado del otro.

Ilesa había prestado poca atención a la conversación. Pero cuando se metió en la cama, ésta volvió a su mente. Empezó a preguntarse por qué Doreen le había dado al Duque lo que equivalía a un plano de la casa.

Cuando se le ocurrió la respuesta, se sintió escandalizada. Le pareció espantoso que el Duque se alojara en la casa de su padre y se portara de forma impropia con su hermanastra.

«¡No debo pensar en eso! ¡No pensaré en ello!», se dijo.

Sin embargo, no pudo arrojar aquella idea de su mente, y pasó mucho tiempo antes de que pudiera conciliar el sueño.

Cuando llegó la mañana, se sintió entusiasmada ante la idea de viajar a Heron y hospedarse allí.

No obstante, en cierto modo, deseaba que no les hubieran hecho la invitación.

«Me voy a sentir fuera de lugar», se dijo. «No tengo nada en común con el Duque, ni con sus amigos elegantes, como Doreen».

Sin embargo, ya era demasiado tarde para rechazar la invitación.

Aparte de ello, sabía que su padre insistiría en que ella viajara con el grupo. Había hecho preparativos la noche anterior para partir inmediatamente después del servicio matinal.

A la gente del pueblo le gustaba que el servicio se celebrara temprano, puesto que así podían volver a casa a preparar con calma el almuerzo dominical.

Esto es, si disponían de dinero para hacerlo.

La casa del Duque estaba bastante lejos y éste no quería llegar demasiado avanzada la tarde.

—Es una suerte— dijo— que haya venido de Londres en este amplio carruaje de viaje.

Cuando subieron al vehículo, que era abierto, el Duque se sentó en el lugar del conductor, con Doreen a su lado.

Ilesa y su padre ocuparon los asientos de atrás.

Detrás de ellos iba un mozo de cuadra, encaramado de manera bastante peligrosa, en un pequeño asiento encima del equipaje. Algunos de los bultos más pequeños, incluyendo la sombrerera de Doreen, habían sido colocados junto a Ilesa y su padre.

Debido a que Ilesa no sabía qué debía llevar, había dejado en manos de Nanny la preparación de su equipaje.

Su viejo baúl se veía un poco fuera de lugar junto al muy elegante de Doreen.

Era un día precioso y el Duque conducía con una habilidad que Ilesa sabía que su padre estaba admirando.

Tuvo mucha precaución al arribar a los serpenteantes senderos que llevaban fuera del pueblo.

Cuando llegaron al camino principal, sin embargo, soltó las riendas a los caballos.

Se detuvieron a almorzar en una posada, donde el Duque contrató un salón privado.

Les sirvieron una comida muy superior a la que hubieran recibido en el comedor público y se pusieron de nuevo en marcha.

Ilesa estaba deseando llegar a Heron. Había leído algo sobre aquel lugar en los periódicos especializados en carreras de caballos y lo había visto ilustrado en una revista que llegó a sus manos cuando su abuelo aún vivía.

Estaba segura de haber leído que la casa había sido construida por Robert Adam, o, cuando menos, restaurada por él.

Informaba el artículo que era una de las mansiones palaciegas más amplias e importantes existentes en el país.

«Por lo menos, voy a verla una vez», pensó.

Estaba segura, por la forma en que Doreen había actuado, que su padre y ella no volverían a ser invitados a Heron si su hermanastra se convertía en la Duquesa de Mountheron.

Doreen se había mostrado decididamente posesiva con el Duque. Parecía disgustarle incluso que éste hablara con su padre de los cuadros de Stubbs. Se ponía furiosa cuando parecía no darle importancia a su presencia.

Estaban llegando a Heron.

Finalmente, franquearon una impresionante verja de hierro forjado, con puntas doradas, y empezaron a avanzar por una larga avenida bordeada por frondosos árboles.

Ilesa podía entender el interés de Doreen en casarse con el Duque.

Nunca había imaginado que una casa pudiera ser tan impresionante, tan enorme. Al mismo tiempo, se trataba de un fondo adecuado para el Duque mismo. El sol brillaba en los cristales de una multitud de ventanas. Pensó que era como si su resplandor diera la bienvenida a su propietario.

A medida que se acercaban, el estandarte del Duque fue izado en el asta que se erguía en el tejado. Al tiempo de detenerse, fue extendida una alfombra sobre la larga escalinata que conducía a la puerta principal.

Inmediatamente, varios mozos acudieron para sujetar la cabeza de los caballos.

El Duque ayudó a Doreen a descender de su asiento. Ella subió con arrogancia la escalinata, sin esperar a su padre ni a Ilesa, como si el lugar le perteneciera.

El vestíbulo de entrada resultó exactamente como Ilesa pensaba que debía ser. Estaba perfectamente proporcionado y sus nichos estaban ocupados por diversas estatuas de diosas griegas.

Encima de la repisa de la chimenea, exquisitamente tallada, colgaban numerosas banderas militares. Se trataba de reliquias, supuso Ilesa, de batallas ganadas por los antepasados del Duque.

Les había dicho durante el almuerzo, que su tía, Lady Mavis, actuaría como su anfitriona.

—Es mi tía más joven— informó—, y, como es soltera, me resulta muy conveniente que se hospede conmigo siempre que preciso para alguien de una dama de compañía.

Retorció un poco los labios al decir las últimas palabras. Ilesa imaginó que, si se alojaba con él alguien con quien estaba sosteniendo un romance, no querría a su tía allí. Trató de no pensar en tales cosas.

Sólo la alteraban y eran ajenas a su naturaleza.

Lady Mavis esperaba en el muy atractivo salón al que fueron conducidos en cuanto entraron en la casa.

Era una mujer muy bonita, de unos treinta y cinco años, y resultaba triste que no se hubiera casado.

El Duque les había explicado, cuando les dijo que los esperaba en Heron, que muchos años antes había tenido un idilio infortunado.

Su prometido murió en forma trágica y ella no volvió a enamorarse.

Lady Mavis estaba vestida con gran sencillez y mucho más apropiadamente que Doreen.

Esta, por su parte, llevaba puesto un elaborado vestido de un color muy brillante, que Ilesa pensó estaba completamente fuera de lugar en el campo. Pero tenía demasiado tacto, Ilesa, por supuesto, como para comentarlo.

Cuando vio a Lady Mavis, comprendió que tenía razón.

—He traído conmigo a varios invitados, tía Mavis— dijo el Duque, besándola ligeramente en la mejilla—. Quiero presentarte a la hermanastra de Doreen, Ilesa, y a su padre, el Reverendo Mark Harle. Es hijo del difunto Conde de Harlestone y posee dos magníficos cuadros de Stubbs, que rivalizan con los míos.

—¡Encuentro eso difícil de creer!— repuso Lady Mavis, besando ella también al Duque.

Estrechó la mano de Doreen, diciendo con cortesía:

—Me encanta volver a verla.

Tomó la mano de Ilesa y exclamó:

—¡No sabía que Lady Barker tenía una hermanastra! ¡Y qué hermosa es!

Ilesa se ruborizó, ya que no esperaba un cumplido así.

Luego, Lady Mavis estrechó la mano del Vicario y dijo:

—Fue muy amable por su parte haber aceptado una invitación tan precipitada. ¡Estoy segura de que mi sobrino quiere hacerle sentir envidia cuando vea su colección!

—Me temo que voy a sentirme muy envidioso verdaderamente— manifestó el Vicario—, por mucho que trate de resistir a la tentación de faltar a ese mandamiento particular.

Todos rieron las palabras del Vicario.

Lady Mavis sirvió el té que los esperaba junto a la chimenea. Ilesa se sentó en el sofá situado frente a la mesa.

En la misma había una tetera de plata, una jarra con agua caliente, el azucarero y otra jarra para la leche, todo de plata también.

Las diversas piezas estaban colocadas sobre una magnífica bandeja que Ilesa pensó debió haber sido hecha durante el reinado de Jorge II.

Había aprendido mucho sobre la plata a través de su madre. Ésta le había enseñado a reconocer los diferentes periodos, observando los objetos que su abuelo tenía en el Hall.

El Vicario se sentó junto a Lady Mavis.

De forma deliberada, Doreen inició lo que parecía tratarse de una conversación muy íntima con el Duque.

Aquello dejó a Ilesa a sus propios recursos, por lo que se dedicó a admirar los cuadros que colgaban en los muros y que habían sido pintados todos por famosos artistas.

Había también algunas magníficas mesitas talladas y doradas, que Ilesa pensó debían pertenecer a la época de Carlos II. Casi se estremeció cuando el Duque dijo inesperadamente:

—Espero que esté usted a gusto en esta habitación, señorita Harle. Era la favorita de mi madre, por lo que todos los muebles que más le gustaban de otras partes de la casa los puso aquí.

—Estaba pensando en lo hermosa que es— indicó Ilesa—, y estaba admirando de forma especial las mesas del periodo de Carlos II.

El Duque enarcó las cejas.

—¿Supo que eran de la época de Carlos II?

Ilesa sonrió antes de contestar:

—Pensé que debían serlo por el estilo del tallado. Y, por supuesto, la corona aparece en dos de ellas, como se acostumbraba en su época.

Pensó que era casi un insulto que el Duque se mostrara tan sorprendido de que ella supiera cosas así. En consecuencia, no pudo resistir la tentación de decir:

—Creo que el Van Dyck que está sobre la chimenea es uno de los más bellos cuadros que he visto en mi vida.

—Ahora me está usted haciendo que me decida a mostrarle mi galería de pinturas— replicó el Duque—. Cuando su padre termine de tomar el té, sugiero que vayamos a ver mi colección de Stubbs, antes de que empecemos a hablar de sus obras.

—¡Usted no tendrá que pedir dos veces a Papá una cosa así!— Ilesa sonrió.

Entonces el Duque lo comentó con el Vicario, que se puso de pie inmediatamente, con evidente entusiasmo.

—Pensé que sería mejor que viera usted, primero, mis Stubbs— dijo el Duque—. De otra forma, empezaríamos a hablar de algo que no ha visto todavía.

Salieron del salón. Sólo cuando empezaron a caminar por el corredor, Ilesa reparó en que, cuando estaban a punto de abandonar la sala, Lady Mavis había invitado a Doreen a quedarse con ella.

Estaba segura de que eso era algo que su hermanastra no deseaba hacer, pero no pudo negarse.

En realidad, constituyó un alivio para Ilesa el poder hablar con el Duque sin que Doreen la estuviera observando con el ceño fruncido.

El Duque los llevó a la estancia donde se hallaba ubicada su colección de Stubbs.

Había, en verdad, numerosas pinturas de este autor, y el Duque se detuvo frente a una llamada *Sabuesos en un paisaje,* fechada en 1762.

—Se cree que Stubbs pintó este cuadro en el castillo de Berkeley— señaló el Duque.

—He oído eso— estuvo de acuerdo el Vicario.

Después se detuvieron ante un cuadro titulado *Provenance,* que había sido encargado, informó el Duque, por el Marqués de Rockingham.

El Vicario se mostró entusiasmado por la forma en que estaba pintado, con un fondo de árboles y un río.

—La casita que está en la orilla opuesta— dijo—, se repite en el cuadro *Mares junto a un roble.*

El Duque lanzó una exclamación y dijo:

—¡Me estaba preguntando si usted sabría eso! Le mostraré esa otra pintura cuando lleguemos al otro extremo de la sala.

Entonces, al avanzar, fue Ilesa quien se mostró más emocionada. El cuadro que contemplaban ahora lo había visto reproducido en una revista. Nunca pensó que tendría la suerte de hallarse ante el original.

Se reproducía en el lienzo un leopardo asiático, llamado *cheetah* en la India, de donde era originario, junto a sus dos cuidadores indios.

—¡Mira, Papá! ¡Mira!— dijo Ilesa llena de excitación—. ¡El cuadro del que hablábamos el otro día y que dijiste que te encantaría tener!

—No tenía idea de que pertenecía a Su Señoría— comentó el Vicario.

—Es una nueva adquisición— explicó el Duque—. Hace apenas seis meses que lo tengo.

—¡Es... precioso!— suspiró Ilesa—. ¡Yo siempre había anhelado ver un *cheetah*!

Observó que los labios del Duque se movían como si fuera a decir algo. No obstante, pareció cambiar de parecer y murmuró:

—Es, en mi opinión, una de las mejores pinturas de Stubbs. Su modelo fue el *cheetah* que Sir George Piggott regaló al Rey Jorge III. Como ustedes recordarán, Piggott era el Gobernador General de Madrás.

Estaba mirando en esos momentos al Vicario, quien dijo:

—Siempre he oído decir que ese *cheetah* fue el primero que se vio en Inglaterra.

—Estoy convencido de que eso es verdad— estuvo de acuerdo el Duque—. El Rey Jorge III se lo dio a cuidar a su hermano, el Duque de Cumberland, en el bosque de Windsor, donde el Duque tenía un zoológico privado.

El Vicario rió brevemente.

—He leído, desde luego, que el Duque preparó un experimento en el gran parque de Windsor, con el propósito de observar cómo estos leopardos indios atacaban a su presa.

—Este leopardo— dijo el Duque, señalando con un dedo al animal— atacó a un venado, que huyó. El *cheetah* aprovechó la oportunidad que le ofreció la persecución del venado para escapar también al bosque.

—Leí esa historia— asintió el Vicario—. El animal mató a un corzo antes de ser capturado de nuevo.

—Se dice— intervino Ilesa— que un *cheetah* es muy rápido y que su estampa es magnífica cuando se mueve.

—Así es— confirmó el Duque—. Este tipo de leopardos son los animales más veloces del mundo en distancias cortas. ¡Son capaces, creo, de desarrollar una velocidad de sesenta millas por hora!

Como si pensara que ya habían hablado suficiente sobre leopardos indios, pasó a las siguientes pinturas de su colección.

Pero Ilesa continuó volviendo el rostro con frecuencia al cuadro del leopardo, cuyo título era el de *La esfinge moteada*. Había algo en el animal que le resultaba cautivador. Se preguntó cómo sería tener un animal así como mascota. Pasaron un largo tiempo en el salón de los Stubbs y después subieron a vestirse para la cena.

Las doncellas ya habían recogido su equipaje.

Cuando le preguntaron qué iba a ponerse, Ilesa advirtió que Nanny le había dispuesto dos trajes de noche.

Uno era el de color malva pálido, que había pertenecido a su madre, y que fue el que usó la noche anterior.

El otro se trataba de un vestido que no esperaba ver. Era el vestido de novia de su madre.

Sin duda alguna, era el vestido más bonito que su madre había poseído nunca.

Pero jamás se le habría ocurrido a Ilesa usarlo.

Había sido diseñado en la época en que se llevaban las crinolinas, como éstas se hallaban fuera de moda, su madre lo varió notablemente. Sólo quedó una falda muy amplia, que descendía de una delgada cintura.

Todo el vestido había sido elaborado con un encaje tan fino que su madre solía contarle de niña que se lo habían hecho las hadas.

Ciertamente, era un vestido exquisito.

En cualquier caso, Ilesa pensaba que se vería muy aparatosa con él.

Sin embargo, cuando se lo puso, decidió que nada podía ser más adecuado en aquella casa. Le ajustaba perfectamente, ya que su figura era muy similar a la de su madre, y los suaves pliegues que dejaban sus hombros al descubierto resultaban muy atractivos.

Se veía muy joven, muy hermosa y como si hubiera escapado de uno de los cuadros que colgaban de los muros. No obstante, se sintió un poco tímida cuando bajó al salón. Fue un alivio descubrir que había otros invitados a cenar. También se encontraba allí un joven alto y apuesto, que le fue presentado como Lord Randall.

Ilesa supo de inmediato que aquél hombre era con quien Doreen había estado en *Las Tres Plumas*.

Parecía muy agradable.

Cuando Ilesa le estrechó la mano, comprendió en el acto que no era el perverso villano que había pensado que era. Lo vio mirar a Doreen, que entró al salón poco después que ella. Se sintió convencida inmediatamente de que Lord Randall amaba realmente a su hermanastra.

Sin embargo, y como consecuencia de que ésta no tenía intenciones de casarse con él, había una inconfundible agonía en su expresión. De la forma en que Doreen habló con Lord Randall, Ilesa dedujo que su hermanastra esperaba que éste se encontrara allí.

Suponía que Doreen había preparado todo aquello para evitar que Sir Mortimer le buscara problemas. No pudo menos que pensar que era cruel de su parte, sobre todo cuando Doreen se dirigió sin vacilación al lado del Duque en cuanto éste entró en la sala.

Pareció que lo hacía para dejar bien en claro ante todos la existencia de una relación íntima entre ellos.

Cuando Ilesa se encontró sentada junto a Lord Randall durante la cena, conversaron de temas relacionados con el campo.

Se enteró de que Lord Randall poseía una casa en Hampshire, de la que se mostraba muy orgulloso.

—Ha pertenecido a mi familia desde hace cuatro generaciones— dijo—, pero, desde luego, no puede compararse en modo alguno con Heron.

Había una nota de desesperación en su voz. Miraba a través de la mesa hacia Doreen, cuyo hermoso rostro estaba vuelto hacia el Duque.

Ilesa sintió una gran compasión por él y preguntó:

—¿Cuánto tiempo hace que conoce a mi hermanastra?

—Desde que llegó a Londres por primera vez y arrasó con todos como si fuera un meteoro caído del cielo— contestó Lord Randall.

Ilesa no dijo nada y él continuó:

—Su belleza me dejó sin sentido desde el momento en que la vi. Pero supongo que debí haber sabido que está tan fuera de mi alcance como la luna.

—Doreen es, en verdad, muy hermosa— reconoció Ilesa.

Su interlocutor asintió con la cabeza y dijo:

—Demasiado hermosa para la paz mental de un hombre.

Ahora, su voz sonó en un tono un tanto duro.

Como consecuencia de ello, Ilesa cambió el tema de conversación y empezó a hablar de caballos. Estaba segura de que Lord Randall se interesaría y esperaba que, por el momento al menos, se olvidara de Doreen.

Lord Randall le informó de que el Duque se trataba de su mejor amigo desde que estudiaban de niños en Eton. Habían comprado y domado juntos muchos potros, y eso había constituido para ellos un pasatiempo absorbente.

—Creo que Drogo es uno de los mejores jinetes que hay en Inglaterra— dijo—. Desde luego, posee caballos soberbios, pero también puede hacer que hasta un animal inferior parezca excepcional.

—Mi padre también ama mucho a los caballos— manifestó Ilesa—. Sin embargo, no podemos permitirnos el lujo de tener muchos y debemos cuidar debidamente los que poseemos.

—¿Me quiere usted decir que son pobres— preguntó Lord Randall.

—Muy pobres— contestó Ilesa—. No obstante tuvimos la suerte de que, mientras vivió mi abuelo, Papá y yo pudimos montar los excelentes caballos que él tenía.

—Yo siempre imaginé que Doreen procedía de una familia rica, que poseía una extensa propiedad.

—Eso podía decirse de mi abuelo; pero mi padre, que se trata del tercer hijo, sólo es vicario de Littlestone. Estoy segura de que usted sabe, tan bien como yo, que los vicarios raras veces disponen de dinero. Tienen que ayudar, de su propio bolsillo, a mucha gente pobre.

—Eso es verdad— reconoció Lord Randall.

Ilesa estaba pensando lo típico que era de Doreen haber hablado de la casa de su abuelo, sin mencionar nunca la de su padre.

Desde luego, como se había casado con un hombre muy rico, era natural que la gente pensara que siempre vivió en el lujo.

Cuando la cena terminó, pasaron a otro de los salones de recepción. Era tan hermoso como el salón en el que se reunieron con anterioridad.

Las parejas de invitados maduros dijeron poco después que tenían que regresar a sus casas. De modo que todos pudieron irse a la cama poco después de las once de la noche.

Mientras ascendían por la escalera, Ilesa advirtió que Lord Randall miraba anhelante a Doreen.

Se daba cuenta de que su hermanastra lo había estado evitando de forma deliberada. Lo hacía por si el Duque pensaba que había algo extrañamente familiar en la forma en que pudieran hablarse.

Cuando Ilesa entró en su dormitorio, Doreen la siguió. Cerró la puerta y preguntó con voz aguda:

—¿De dónde sacaste ese vestido? ¿Y por qué no te lo había visto yo antes?

—Nanny lo preparó para mí— contestó Ilesa—, y seguramente tú debes reconocerlo, porque fue el vestido de novia de mi madre.

—¡Es demasiado elaborado y elegante!— comentó Doreen, enfadada.

Como ella misma llevaba puesto un vestido que tenía un enorme polisón y estaba decorado con flores a ambos lados, Ilesa se limitó a mirarla con fijeza.

—Ya sé lo que estás pensando— dijo Doreen—. Pero yo soy una mujer casada y puedo usar gasas bordadas con diamantina. Las jovencitas no deben hacerse notar y, por supuesto, ¡no deben vestirse como una actriz en un escenario!

—¡O me ponía este vestido, o uno de los que uso en casa y que están ya hechos trizas!— protestó Ilesa—. No tenía idea de que iba a venir a un lugar así. Le iba a pedir dinero a Papá para un vestido nuevo, pero él tuvo que ayudar a alguien que estaba enfermo.

—Bueno, no vuelvas a ponerte ese vestido— dijo Doreen—. Te vi conversando con Hugo Randall durante la cena. ¿De qué estaban hablando?

—Hablábamos de ti.

—¡Me lo imaginé! Por lo que más quieras, ¡ten cuidado! Si el Duque pensara que Hugo y yo somos amigos íntimos, podría empezar a sospechar algo.

Ilesa se quedó callada por un momento.

Luego, dijo:

—Creo que Lord Randall te ama mucho, Doreen.

—Ya lo sé, y yo le tengo cariño también— repuso Doreen—. Pero, ¿no te das cuenta? ¡Tengo que ser Duquesa! Tengo que ser la dueña de esta enorme casa, y de la que el Duque posee en Park Lane.

—¿El poseer casas puede, realmente, hacer feliz a alguien?— preguntó Ilesa—. Yo habría pensado que lo más importante era el hombre que viviera en ellas.

Hubo una ligera pausa antes de que Doreen aseverase:

—¡Voy a casarme con el Duque! Es sólo cuestión de tiempo que él me lo proponga. Y ten mucho cuidado con lo que le dices a Hugo Randall.

Salió de la habitación al terminar de hablar.

Ilesa la oyó correr por el pasillo hacia su dormitorio. Entonces, lanzó un profundo suspiro.

Tenía la sensación de que Doreen no iba a ser feliz y, aunque ella jamás lo admitiría, estaba cometiendo un error. De todos modos, Ilesa se preguntó quién era ella para juzgar a su hermanastra.

«Nadie me ha propuesto el matrimonio a mí», pensó, «y no es probable que alguien lo haga, ya que no conozco a hombres solteros donde vivo».

Se desvistió y se metió en la cama.

Antes de quedarse dormida, trató de no pensar en su hermanastra y sus problemas. Se dedicó a recordar el cuadro en que Stubbs había pintado a un leopardo indio.

*

Ilesa despertó muy temprano por la mañana, como lo hacía habitualmente en su casa.

El sol, que se asomaba entre las cortinas de las ventanas, erra del tono dorado pálido del amanecer.

De pronto pensó que aquélla era su oportunidad para acercarse a los jardines y al lago. Tal vez no tendría otra ocasión de hacerlo antes de volver a su casa.

Su padre y el Duque habían hablado de ir a las caballerizas después de desayunar y ella quería ir con ellos. Se vistió con rapidez.

Se dio cuenta de que Nanny le había dispuesto lo mejor de sus vestidos sencillos. En cualquier caso, no podían compararse con nada de lo que Doreen se pondría. Ilesa, sin embargo, no estaba interesada en sí misma, sino en lo que podría contemplar.

Bajó las escaleras y advirtió que la puerta principal ya estaba abierta. Salió a la luz del sol, pensando en lo emocionante que sería explorar todo ella sola.

Los jardines eran maravillosos. Caminó a través del césped, más allá de los lechos de flores. Había un espacio plagado de hierbas aromáticas, que le fascinó.

Pensó en lo mucho que su madre habría disfrutado allí. Llegó a una verja de hierro que conducía del jardín a un huerto. Como el lugar le pareció incitante, abrió la verja y caminó a través del huerto. Entonces, frente a ella, descubrió una alambrada. Al llegar a ella, se preguntó si le impediría seguir adelante.

Repentinamente lanzó una exclamación ahogada. Del otro lado de la alambrada, tendido en el suelo, había un animal grande.

¡Ilesa casi no podía dar crédito a sus ojos, pero era un tigre!

Capítulo 5

EL Duque se había levantado temprano, como tenía por costumbre.

En lugar de dirigirse a las caballerizas, sin embargo, como lo hacía casi siempre, se encaminó hacia su zoológico privado. Aquello era algo que le entusiasmaba y que estaba muy cercano a su corazón.

Había aprendido, no obstante, que suponía un gran error el hablar a la gente de él. O le decían que los animales salvajes los aterraban, o que significaba una crueldad mantenerlos encerrados en jaulas. Estaba harto de escuchar los mismos argumentos una y otra vez.

El hecho de que los zoológicos privados existieran desde los tiempos de Julio César no los impresionaba. Por consiguiente, había instalado a sus animales fuera de la vista de cualquiera de sus huéspedes que pasearan por los jardines.

Lo tenía exclusivamente para su propio placer. Proyectaba agrandarlo cada año. Ello significaba que tendría que viajar al extranjero con el objeto de adquirir los animales que deseaba para su parque.

Eran aproximadamente las seis y media cuando salió por la puerta principal y pasó junto a dos doncellas que estaban barriendo la escalinata.

Atravesó los jardines, admirando su belleza.

Desde ellos se dirigió al huerto. Los árboles frutales se veían increíblemente bellos con sus capullos blancos y rosados. Al mirarlos, le hicieron recordar cómo se veía Ilesa la noche anterior.

Su belleza lo había dejado mudo cuando la vio por primera vez en la vicaría. Pero con un vestido como el que lucía, aunque indudablemente fuera de época, parecía pertenecer a otro tiempo.

El Duque seguía pensando en ella cuando llegó a la jaula de su animal favorito: un tigre llamado Rajah.

Lo había traído de la India cuando era un cachorro y lo domesticó él mismo. Rajah se inclinaba un poco hacia la ferocidad, por instinto y hacía que los hombres que lo cuidaban se sintieran ciertamente nerviosos frente a él.

Nunca entraban solos a su habitáculo.

Cuando le daban de comer, había siempre otro hombre esgrimiendo una lanza de punta muy afilada, con la cual podía mantener a raya al animal.

El Duque caminó hacia la entrada y levantó el cerrojo.

Todas las jaulas eran cerradas con llave por la noche, pero se abrían al amanecer para que él pudiera entrar a ver a los animales cuando quisiera.

Entonces, al cerrar la puerta tras él, buscó con los ojos a Rajah.

De forma instantánea, se quedó inmóvil de asombro. Descubrió a Rajah tendido bajo uno de los árboles, más otras circunstancias le hicieron pensar que debía estar soñando. La cabeza del tigre estaba apoyada en el regazo de una mujer sentada junto a él, que lo estaba acariciando.

Por un momento, creyó que aquello no era verdad, que sólo se trataba de un producto de su imaginación.

¡Entonces se dio cuenta de que la mujer que acariciaba a Rajah era Ilesa!

El Duque no se movió. Se limitó a decir en voz muy baja:

—Rajah... Rajah...

El tigre levantó la cabeza. Acto seguido, con lentitud, casi contra su voluntad, se incorporó y caminó hacia el Duque. Al hacerlo, el Duque le dijo a Ilesa con voz apenas perceptible:

—Salga de ahí inmediatamente, pero no haga ningún movimiento repentino.

Ilesa pareció no oírlo y le sonrió.

Rajah había llegado junto al Duque y se frotó contra él como un gato, haciendo sonidos muy parecidos al ronroneo.

Después, tal y como lo hiciera de cachorro, se alzó sobre sus patas traseras y puso sus garras delanteras en los hombros del Duque.

El Duque le dio unas palmadas y le habló suavemente. Pero seguía pendiente de Ilesa, que no le había obedecido. Se dirigió a ella de nuevo para decirle en un tono de voz diferente al que había usado con el tigre:

—¡Haga lo que le digo!

Ilesa movió la cabeza de un lado a otro.

—No corro ningún peligro— dijo—. Él sabe que lo amo y nunca me haría daño.

El Duque la miró con incredulidad.

Entonces, el tigre exigió su atención, y él lo palmeó y acarició nuevamente. Por fin, el animal bajó las patas al suelo y frotó su cuerpo contra las piernas del Duque.

Fue entonces cuando Ilesa se puso de pie y exclamó:

—¡Es la criatura más hermosa que he visto en mi vida!

No sabía su nombre, pero Rajah es muy adecuado para él. Ilesa hablaba mientras caminaba hacia el Duque. Cuando llegó a su lado, se inclinó para acariciar al tigre, moviendo su mano por encima de su cabeza y a través de su lomo.

—¿Cómo puede usted poseer algo tan hermoso?— preguntó—. ¡Y mucho más excitante que sus cuadros!

El tigre se retiró del Duque para frotar su cabeza contra   Ilesa.
Ésta lo rodeó con los brazos y besó la parte superior de su frente.

—¡Eres un chico hermoso y precioso!— dijo—. Rajah es un nombre muy bonito para ti.

—Me temo que sus cuidadores lo han traducido a *Rajee*— señaló él Duque—. Son indios y a ellos les parece más apropiado para un tigre.

Ilesa se rió.

Tras una pausa, el Duque dijo:

—¿Está sucediendo esto realmente? ¿Es posible que usted y yo estemos hablando a través de un animal que se supone es muy feroz?

—Estoy segura de que es feroz sólo porque la gente no lo entiende. Por supuesto que debía ser tratado con respeto, y admirado como lo merece su belleza. Volvió la cara del tigre hacia la suya.

—¿No es así, Rajah?— preguntó—. Tú quieres que la gente te admire y piense lo importante que eres.

El Duque continuaba pensando que estaba soñando.

Después de un largo silencio dijo:

—Tengo otros animales que mostrarle, si le interesan.

—Naturalmente que me interesan. ¿Por qué no me dijo que tenía usted un zoológico?

—Siempre lo he mantenido en secreto— contestó el Duque—; pero ya que lo ha descubierto por sí misma, me gustaría mostrarle mis *cheetah*... mis leopardos indios.

Ilesa lanzó un leve grito.

—¿*Cheetah*? ¿De verdad los tiene usted?

—En carne y hueso— respondió el Duque con una sonrisa.

Ilesa dio unas palmaditas a Rajah de nuevo y el Duque la imitó.

Acto seguido, salieron del recinto del tigre. El animal los siguió con la mirada hasta que los perdió de vista.

—Tengo a Rajah desde que era un cachorrito y yo mismo lo adiestré— dijo el Duque—. Pero nunca antes supe que dejara entrar a una persona desconocida en su área.

Ilesa permaneció callada y el Duque preguntó:

—¿Ha tenido siempre ese poder sobre los animales?

—Nunca antes había visto un tigre, ni un leopardo, por supuesto, pero puedo controlar al caballo más salvaje. Solía ayudar a los mozos de cuadra de mi abuelo a domar los potros más difíciles.

—Encuentro casi imposible de creer que lo que me dice es la verdad. ¿Cómo puede ser tan bonita y, sin embargo, montar caballos salvajes y acariciar tigres feroces?

Ilesa se rió.

—¡Ése es el cumplido más agradable que he recibido nunca!— dijo—. Pero, bueno, no he recibido muchos que digamos.

El Duque suponía que aquello era cierto. Nunca había conocido a una mujer tan indiferente a sus propios atractivos. Ilesa hablaba con él de una forma muy diferente a como le hablaban otras mujeres.

Dieron la vuelta al área alambrada del tigre y llegaron a otra zona. Cuando vio lo que allí había, Ilesa lanzó un grito de alegría. Moviéndose entre los árboles, en un amplio recinto cerrado, descubrió un leopardo indio tan hermoso como el que aparecía en el cuadro de Stubbs.

Su piel era tersa, como la de un perro de pelaje corto, con secciones negras y esponjadas iguales a las de un gato.

—Éste es Che-Che, como los cuidadores indios insisten en llamarlo— explicó el Duque—. Su hembra, Me-Me, se oculta de nosotros entre los arbustos porque acaba de tener cuatro cachorritos.

—¡Esto es lo más emocionante que me ha sucedido nunca!— exclamó Ilesa.

—Los cachorros nacieron hace apenas cuatro días— le informó el Duque—, así que dudo mucho que Me-Me venga a dialogar con nosotros. De todos modos, quiero que conozca a Che-Che.

De pie, junto a la entrada, preguntó en tono de broma:

—Supongo que no tendrá miedo de que se lo presente.

—¡Ese es un insulto gratuito!— protestó Ilesa.

Caminaron hacia el interior del área cercada y Che-Che corrió hacia el Duque, dándole la bienvenida como lo habría hecho un perro o un gato.

El animal empezó a ronronear cuando frotó su cuerpo contra las piernas del visitante.

Luego, se incorporó de un salto y le empezó a lamer la cara. Por fin, cuando el Duque lo acarició, el leopardo empezó a mordisquearle la oreja.

—Ése es el mayor cumplido que un *cheetah* puede hacer— explicó el Duque en voz baja.

Ilesa extendió la mano. Para sorpresa del Duque, el leopardo se volvió hacia ella y empezó a lamerle la cara.

—Acaba de ser aceptada como miembro de la familia dijo el Duque—, y tal vez Me-Me nos deje que veamos sus cachorros.

Caminó hacia un grupo de arbustos, gritando al mismo tiempo:

—¡Me-Me! ¡Me-Me!

Hubo una pausa.

Después una hermosa *cheetah,* un poco más pequeña que Che-Che se asomó por la arboleda. Aunque no se acercó, el Duque caminó hacia ella. Cuando la palmeó y la acarició, el animal echó las hojas hacia un lado e Ilesa pudo ver los cachorros.

Parecían chacales de lomo plateado, con la panza llena de pelambre moteado y una larga melena esponjada en la cabeza. Eran muy pequeños y muy tiernos.

Ilesa hubiera querido tomar a uno de ellos en sus brazos mas pensó que sería un error hacerlo hasta que Me-Me la conociera mejor.

Permaneció algún tiempo con los leopardos.

Cuando se despidieron de ellos, el Duque la llevó a ver la jaula de los monos.

Había sido construida con suficiente altura como para admitir en su interior varios árboles que los monos podían escalar.

En todas las áreas para los animales se habían instalado casitas donde los inquilinos podían guarecerse si hacía frío ó si llovía.

La jaula de los monos era tan grande, que el Duque le dijo a Ilesa que cubría dos acres de terreno.

—¿Cómo puede usted reservarse algo tan magnífico para usted solo?— preguntó la muchacha.

—Hay muy pocas personas, y yo había pensado que ninguna mujer se contaba entre ellas, que saben disfrutar de los animales— contestó el Duque—. Permítame mostrarle el resto de mi familia, que intento hacer crecer año tras año.

Tenía un hipopótamo, que dormitaba en un profundo estanque.

Se negó a salir del agua, quedándose inmóvil, con el aspecto de un gigante perezoso descansado impasible.

Contaba igualmente el zoológico con dos jirafas, una de ellas muy pequeña, y la otra, muy alta.

Había también una pantera negra, pero el Duque no permitió a Ilesa acercarse a ella.

—Lleva pocos meses aquí— dijo—, y ya ha atacado a dos de los hombres que cuidan de ella. De modo que te prohíbo absolutamente, y lo digo en serio, Ilesa, que entres a su área.

Ilesa no advirtió que el Duque la tuteaba y la llamaba por su nombre de pila por primera vez.

Lo miró con ojos brillantes al preguntarle:

—¿Qué pasará si le desobedezco?

—Aparte de que la pantera podría echar a perder su belleza, yo me pondría furioso y probablemente la encerraría en una jaula de castigo para el resto de sus días.

Ilesa se rió.

—Yo me sentiría muy feliz si pudiera jugar con Rajah y con Che-Che todos los días. ¡Y tal vez me saldría una piel semejante a la de ellos que me protegería cuando hiciera frío!

El Duque permaneció callado.

Estaba pensando que nada podía ser más atractivo que el cabello de Ilesa.

Con el sol brillando sobre ella, era como una aureola alrededor de su pequeña cara puntiaguda.

Cuando dejaron a la pantera, el Duque comentó:

—Me temo que mi zoológico terminará aquí, por el momento. Pero procuraré hacerlo mucho mayor, y me he estado preguntando si sería posible introducir en él osos y hasta elefantes.

Ilesa aplaudió.

—¡Por supuesto que debe hacer eso! No estaría completo sin un elefante. ¡Piense en lo majestuoso que se vería usted cabalgando en un elefante por sus tierras!

El Duque se rió.

—No había pensado en eso— dijo.

A lo que Ilesa replicó:

—Eso sí que sorprendería a sus vecinos cuando vinieran a visitarlo.

El Duque movió la cabeza, dubitativo.

—Entonces querrían ver el resto de mi zoológico, y yo quiero reservarlo para mí sólo— comentó.

Ilesa insistió:

—No necesito hacerle notar que está usted siendo muy egoísta. Por favor, ¿puedo volver más tarde, para recorrerlo hoy otra vez, por si acaso no vuelvo a verlo nunca más?

—¿Sería eso un desastre?— preguntó el Duque.

—Para mí, sería una catástrofe— contestó Ilesa—. Así que, por favor, sea bondadoso y déjeme disfrutar cuanto momento pueda en su zoológico.

El Duque pensó que la mayoría de las mujeres preferirían estar con él, y no con sus animales, por lo que respondió:

—Le cumpliré ese deseo, pero con una condición.

—¿Cuál?— se apresuró a inquirir Ilesa.

—Que no le diga a su hermanastra, ni a nadie más, que ha estado aquí.

—Por supuesto que nunca se lo diría a Doreen— manifestó Ilesa—. A ella le aterrorizan los animales, y detesta incluso a mis perros.

Habló sin pensar, e inmediatamente se dio cuenta de que lo que había dicho no era nada amable.

De modo que añadió con rapidez.

—Pero a Doreen le encanta la casa de usted. Y entiendo bien eso, porque es en verdad magnífica.

—A mí me gusta pensar en ella como mi *hogar*— señaló el Duque, como si la estuviera corrigiendo.

—Es muy natural que usted piense así— reconoció Ilesa—. Cualquier lugar donde nacemos y hemos sido felices con nuestros padres es nuestro hogar, lo mismo si se trata una casucha, como de una mansión tan espectacular como Heron.

El Duque, tras unos instantes de sorpresa, preguntó:

—¿Me quiere decir que usted, realmente, prefiere la vicaría, que admito que es muy atractiva, a Heron?

Ilesa ladeó la cabeza, como si estuviera pensando. Luego dijo:

—Está usted planteando una comparación imposible. La vicaría constituye parte de mi persona. Es donde he sido increíblemente feliz desde que era niña. Es difícil pensar en ella separada de mí.

Sonrió antes de continuar:

—¡Pero Heron es sin duda alguna la casa más magnífica y, al mismo tiempo, la más hermosa que haya visto yo jamás, y usted es muy, afortunado!

El Duque se rió.

—¡Ésa es una respuesta inteligente y muy bien pensada!— dijo—. Desde luego, acepto que tuvo usted razón al corregirme en mi planteamiento de la pregunta.

Ilesa sonrió, y aparecieron unos graciosos hoyuelos en sus mejillas cuando comentó:

—Creo que, en realidad, usted estaba poniéndome una pequeña trampa, debido a que le sorprendió tanto que pudiera hacer amistad con

Rajah. Por favor, ¿podríamos verlo una vez más antes de volver a la casa?

—Por supuesto— aceptó el Duque.

Volvieron al área de Rajah, y el animal corrió hacia ellos como si fuera un niño al encuentro de sus padres.

Ronroneó con más fuerza aún que anteriormente.

Mientras el Duque e Ilesa lo acariciaban y le decían cosas agradables, el tigre se volvía del uno a la otra, como si quisiera expresar su afecto por ambos.

En cierto momento, mientras a la vez pasaban la mano por el lomo de Rajah, el Duque rozó sin querer la mano de Ilesa.

Inesperadamente, la muchacha sintió que la invadía una extraña sensación. Levantó la cara hacia él y sus ojos se encontraron. De algún modo, les resultó imposible desviar la mirada. Entonces, con una voz que parecía proceder de una distancia muy lejana, el Duque dijo:

—Eres una persona muy especial, Ilesa. Nunca había conocido a nadie como tú.

—Creo que tal vez se deba a que usted nunca ha conocido a nadie común y corriente— replicó Ilesa—. Yo vivo en el campo y amo a los animales. ¡Y soy muy afortunada, porque los animales me aman a mí también!

—Eso no es de sorprender— comentó el Duque.

Entonces, como si a Rajah le molestara que no le prestaran atención, mordisqueó la oreja del Duque.

Cuando volvieron a la casa, el mayordomo informó al Duque que el Vicario y Lady Mavis habían estado esperando un buen rato después del desayuno, pero que habían decidido irse a cabalgar.

—Eso me parece muy sensato— dijo el Duque—. La señorita Harle y yo desayunaremos ahora mismo. Diga a los palafreneros que dispongan los caballos para dentro de media hora.

—¿Voy a poder, realmente, montar uno de sus magníficos caballos?— preguntó Ilesa.

—Usted me hizo ver con toda claridad, en la vicaría, que eso era lo que deseaba— contestó el Duque.

—Entonces iré a cambiarme ahora mismo— indicó Ilesa—. No quiero hacerle esperar. ¡Yo sé que es un pecado imperdonable!

No esperó la respuesta del Duque, sino que subió corriendo las escaleras y lo escuchó reír mientras lo hacía.

Su traje de montar estaba muy viejo y, ciertamente, no era un traje que se hubiera esperado ver en Heron.

Pero como tenía mucha prisa por montar, Ilesa no se detuvo a pensar en su apariencia.

Se recogió el cabello en lo alto de la cabeza, como hacía siempre que salía a cazar.

Se puso el sombrero, que era también muy viejo, pero tenía un bonito velo de gasa azul alrededor de la copa.

Aquello era algo, aunque Ilessa no había reparado en ello, que estaba ya pasado de moda.

En cualquier caso, se trataba de lo correcto quince años antes, cuando su madre lo compró.

La favorecía mucho, pensó el Duque cuando Ilesa entró a toda prisa en el comedor, con ojos brillantes de entusiasmo.

Comprendió que estaba muy emocionada por poder montar uno de sus caballos.

Debido a su impaciencia por salir a cabalgar, Ilesa desayunó con mucha rapidez.

En el momento en que el Duque bajó su taza de café, ella terminó la suya.

—Vamos— dijo el Duque—. Los caballos nos estarán esperando, y estoy deseoso de ver si es usted tan buena amazona como me ha hecho creer.

Ilesa sonrió.

—¡Sería muy humillante si el caballo me arrojara al saltar la valla! Pero no era mi intención jactarme, de ninguna manera.

El Duque le devolvió la sonrisa.

—Después de lo que vi esta mañana, tiene derecho a jactarse todo lo que desee, y yo no permitiría que nadie la contradijera.

—Es posible que le haga cumplir esa promesa— repuso Ilesa.

Bajó corriendo la escalinata y vio a los palafreneros sujetando a dos caballos soberbios. Eran, ciertamente, mejores que cualquier animal que ella hubiera montado jamás. Sabía que si su padre estaba montando un animal tan fino como aquellos, se sentiría en su elemento.

El Duque la alzó hacia la silla y arregló con habilidad la falda de su traje de montar sobre la perilla.

Seguidamente, antes incluso de que él hubiera montado, Ilesa empezó a alejarse. Sabía que montaba el caballo más maravilloso que había visto nunca. No había necesidad de expresar su excitación y su deleite. El Duque podía advertirlos en su rostro.

Habían recorrido una cierta distancia y se hallaban en una parte llana al otro lado del parque, cuando, sin haber hecho realmente ningún arreglo previo, empezaron a correr en silenciosa competencia.

Los caballos parecían saber lo que se esperaba de ellos. Cuando llegaron a los límites de un campo muy largo, iban corriendo el uno al lado del otro.

Habría sido imposible decir quién marchaba delante. Cuando frenaron un poco a los caballos, Ilesa comentó:

—Esto ha sido lo más emocionante que he hecho en mi vida. ¡Oh, gracias! ¡Gracias! Ha sido una cabalgata que recordaré siempre.

—Espero— dijo el Duque en voz baja— que esto sea algo que hagamos con frecuencia.

Ilesa pensó que el Duque la estaba tranquilizando, insinuando que la invitaría de nuevo a Heron cuando se casara con Doreen.

Se dijo a sí misma, sin embargo, que aquello era algo con lo que no podía contar.

Estaba segura de que, una vez que Doreen se convirtiera en Duquesa, se olvidaría ésta por completo de su familia, como lo había hecho anteriormente.

Ciertamente, no los invitaría a Heron.

Continuaron cabalgando, y sus caballos volaron por encima de las vallas como si fueran pájaros. Cuando, por fin, emprendieron el regreso a casa, Ilesa repitió:

—¡Gracias, muchas gracias otra vez! ¡No hay palabras con las que pueda decirle la maravillosa mañana que he pasado y lo feliz que usted me ha hecho!

El Duque sonrió.

—Tal vez yo tuve una pequeña parte que ver en ello, pero su agradecimiento debe ser realmente para Rajah y Che-Che y por supuesto, para Alondra, el caballo que monta en estos momentos.

Ilesa se inclinó hacia delante para palmear el cuello del caballo.

—¡Él es la perfección misma!— exclamó—. Parece como si hubiera estado cabalgando a través del cielo, montando por uno de los dioses, llevando un mensaje al Olimpo.

—¿Usted no se considera a sí misma como una diosa?— preguntó el Duque en tono seco.

Ilesa se encogió de hombros.

—Usted se olvida de que soy una sencilla muchacha de campo, que vive entre las coles y los nabos. Es sólo la varita mágica de usted la que me ha trasplantado por el momento a un paraíso que yo no sabía ni siquiera que existiera.

—Entonces, ahí es donde tendrá que quedarse— dijo el Duque.

Cuando llegaron a la casa, Doreen bajaba la escalera. Al ver que el Duque se hallaba con su hermanastra, sus ojos se oscurecieron.

Aquello reveló a Ilesa que estaba furiosa.

—¿Dónde han estado?— preguntó en tono agudo—. Me dijeron que Papá y Lady Mavis los estuvieron esperando y que se fueron sin ustedes.

—Yo estaba en el jardín— dijo Ilesa con voz débil.

—Todo fue culpa mía— intervino el Duque—. Entretuve a tu hermanastra y la hice llegar tarde al desayuno conmigo. Después, nos fuimos a cabalgar, pero no encontramos a tu padre ni a mi tía.

Doreen no dijo nada, mas, cuando se dirigieron al salón, deslizó su brazo a través del brazo del Duque.

—Hay muchas cosas que quiero que me enseñes— musitó con su voz más acariciadora—. Me sentiré muy herida si te niegas a hacerlo.

—Tú sabes que no haré eso— dijo el Duque—. Desde luego, hay muchas cosas que también interesarían a tu padre.

En esos momentos, apareció Lord Randall, que venía por el pasillo.

—No vas a creerlo, Drogo— dijo—, pero me quedé dormido. Me perdí toda la diversión, supongo.

—¡Toda!— contestó el Duque—. Eso te enseñará a no beber tanto por la noche.

Lord Randall se rió.

—Admito que no soy un abstemio como tú. Al mismo tiempo, lamento mucho no haber salido a cabalgar contigo esta mañana.

—Hagamos planes para lo que vamos a hacer esta tarde— sugirió el Duque.

Habían llegado al salón donde ya se encontraban Lady Mavis y el Vicario, que dijo:

—Buenos días, Señoría. Espero que no le haya molestado que nos hayamos adelantado, pero esperábamos que usted nos diera alcance.

—Debo haber tomado una dirección diferente a la de ustedes— se disculpó el Duque en forma vaga—. Pero ahora me gustaría que me dijera qué desea hacer esta tarde.

Calló por un momento antes de continuar diciendo:

—Personalmente, me gustaría mostrarle mis caballos de carreras. Los potros de un año son entrenados aquí antes de enviarlos a Newmarket, y creo que le gustará verlos.

—Claro que eso me encantará— reconoció el Vicario—. E Ilesa debe venir con nosotros, porque ella sabe mucho respecto a la crianza de caballos.

El Duque la miró, sorprendido.

—¿Otro talento?— preguntó.

—Papá me está halagando— contestó Ilesa—. Yo leo el periódico «*Racing Times*», así que sé bastante sobre sus caballos de carreras y cómo se han llevado los premios importantes, sin dar oportunidad alguna a los de otras cuadras.

El Duque se rió.

Ilesa advirtió una vez más que su hermanastra la estaba mirando furiosa.

—Estoy segura— dijo Doreen, no obstante en el tono más dulce que era capaz— de que Papá no querrá estar lejos de sus amados feligreses mucho tiempo. Así que si Ilesa y él se van mañana, *debemos* mostrarles hoy todo lo que hay de importancia aquí, Drogo querido.

Puso mucho énfasis en la palabra *debemos*.

Fue entonces cuando Lady Mavis dijo:

—A mí también me gustaría ir a ver tus caballos, Drogo. Estoy segura de que Lord Randall querrá venir igualmente.

—¡Me niego a que me excluyan del plan!— exclamó Hugo Randall—. ¿Por qué no sacamos tus faetones, Drogo? Correremos el uno contra el otro, como lo hemos hecho antes, y esta vez intentaré tener el mejor tiro.

El Duque se rió.

—¡Ése es un desafío! Está bien, eso es lo que haremos. Salieron a pasear por el jardín y después disfrutaron de un almuerzo tempranero.

Ilesa subió a toda prisa a su dormitorio para ponerse el sombrero. Sólo dedicó un pensamiento pasajero al hecho de que Doreen estaba vestida como si fuera a una fiesta en el palacio real.

¿Qué le importaba cómo vestía ella si podía montar los caballos del Duque y ver sus potros?

Bajó de nuevo al salón. Sólo el Duque y Doreen estaban en él. Al entrar en el mismo, Ilesa se dio cuenta de que Doreen tenía los brazos alrededor del cuello del Duque y estaba empujando su cabeza abajo para que la besara.

Ilesa se quedó inmóvil, sintiéndose turbada por haberlos interrumpido. Entonces advirtió que ellos no se habían percatado de su presencia.

—¡Aquí no, Doreen!— oyó decir al Duque en tono agudo.

Capitulo 6

PASARON la tarde tal y como lo habían planeado. Vieron cómo eran entrenados los potros de un año, y el Duque y Lord Randall ganaron cada uno una carrera en los faetones.

Cuando subían a vestirse para la cena, Ilesa preguntó a su padre en voz baja:

—¿Nos vamos mañana?

El Vicario movió la cabeza de un lado a otro.

—No— dijo—. Los planes han cambiado, aunque mi intención era ésa. Ilesa lo miró, sorprendida, y su padre le explicó:

—El Duque me ha pedido que lo ayude en las renovaciones que piensa hacer en su capilla privada.

Ilesa lo escuchaba con atención y el Vicario continuó:

—La capilla fue construida originalmente en tiempos de los Tudor; después, fue destruida por los puritanos y reconstruida durante el reinado de Carlos II.

—¡Suena fascinante!

—Lo es— reconoció el Vicario—, y Adam fue lo bastante inteligente como para dejarla como estaba. Desafortunadamente, a principios de este siglo, poco antes de que la Reina Victoria subiera al trono, el Duque propietario de esta casa por entonces decidió agrandarla.

Lanzó una breve risa antes de añadir:

—Como podrás imaginarte, las adiciones que hizo eran completamente ajenas al estilo de la época originaria de la capilla.

Ilesa asintió con la cabeza y comentó:

—Así que vas a aconsejarle sobre cómo restaurarla.

—Los constructores van a venir mañana por la tarde para discutir con el Duque los planes de restauración— dijo el Vicario—. Nosotros nos podremos ir a casa al día siguiente.

Ilesa hubiera querido decirle que la noticia la hacía muy feliz, en tanto en cuanto podría visitar de nuevo a Rajah y a Che-Che.

—Debes venir a ver la capilla— estaba diciendo su padre—. Es una de las pocas capillas privadas que todavía existen en Inglaterra donde se puede contraer matrimonio sin necesidad de obtener una licencia especial del Arzobispo de Canterbury.

—Como la capilla de Mayfair— dijo Ilesa.

—Así es— confirmó el Vicario.

Ilesa se dirigió a su dormitorio, encantada ante la idea de que podían quedarse todavía un día más en Heron.

Tenía, sin embargo, un problema sobre lo que vestiría aquella noche.

El Duque les había dicho que había prestado el salón de baile a una de sus primas, la cual tenía organizada una fiesta para gente muy joven.

—Vendrán jóvenes de diecisiete y dieciocho años— explicó el Duque—, pero nosotros, los *viejos,* podremos más tarde bailar con la música de la orquesta que se ha contratado.

El Duque miraba a Ilesa.

Ésta, por su parte, aplaudió y exclamó:

—¡Oh, eso sería maravilloso! Yo nunca he asistido a un baile. Sólo recuerdo las fiestas de niños a las que iba de pequeña. ¡Va a ser muy emocionante para mí bailar en un salón como el suyo!

El Duque sonrió y dijo:

—Entonces, le pido que celebremos su primera aparición en un baile concediéndome la primera pieza.

Ella le hizo una reverencia, inclinándose graciosamente, y manifestó:

—Será un honor para mí, Señoría.

Inmediatamente, se dio cuenta de que Doreen la estaba mirando de forma hostil. Sin dudarlo más, se reunió a toda prisa con su padre, que sabía se disponía a subir a su dormitorio.

Ahora, al entrar en su habitación, se preguntó si resultaría incorrecto que se pusiera de nuevo el traje de novia de su madre.

Para su sorpresa, sin embargo, el ama de llaves, una mujer que le había parecido formidable, se hallaba esperándola en el dormitorio.

—Ya sé que va usted a asistir a la fiesta de esta noche, Señorita— dijo—, y me estaba preguntando qué se pondría.

—Yo también me estaba preguntando lo mismo— sonrió Ilesa—. Pero me temo que no tengo mucho en dónde escoger.

—Me doy cuenta de ello— repuso el ama de llaves— y pensé, al recordar lo preciosa que se veía usted con ese lindo vestido de encaje, si le gustaría ponerse otro de la misma época.

Ilesa la miró, sorprendida, y el ama de llaves explicó:

—Tengo un vestido de la madre del señor Duque, el cual solía ponerse cuando tenía más o menos la edad de usted, y que usó cuando fue pintada por un gran retratista.

Al decir eso, el ama de llaves lo levantó de la cama.

Se trataba de un vestido de color rosa pálido, del mismo estilo del de la Reina Victoria al subir al trono. Tenía una falda muy amplia y la parte alta dejaba al descubierto los hombros. La falda estaba adornada a ambos lados con diminutas rosas. La banda de satén que rodeaba la cintura formaba un gran lazo a la espalda.

—¡Es precioso!— exclamó Ilesa—. ¿Puedo, realmente, usarlo?

Creo que va usted a descubrir que se le ajusta muy bien. Pero, si no es así, la costurera puede hacerle rápidas alteraciones. Si le prende las costuras encima, Emily estará esperando para deshacerlas cuando usted venga a acostarse.

—¡Oh, gracias, gracias!— no pudo por menos que exclamar Ilesa—. ¡Es el vestido más bonito que he visto en mi vida!

Después de bañarse, las doncellas la ayudaron a vestirse. Ilesa pensó, cuando se vio en el espejo, que parecía haber salido de un cuadro.

El ama de llaves había pedido a los jardineros unas rosas naturales, las cuales arregló en la parte posterior de la cabeza de Ilesa.

Cuando ésta bajó al salón, sentía como si caminara por el aire, que constituía parte de un cuento de hadas.

Al mismo tiempo, algo que le dijera el ama de llaves había quedado muy grabado en su mente.

Ilesa le había preguntado:

—¿Está usted segura de que Su Señoría no se disgustará si me ve usando algo que perteneció a su madre?

—Dudo mucho que él lo recuerde— contestó el ama de llaves—. Su Señoría perdió a su madre cuando tenía sólo diez años. Aunque fue criado por sus tías, nada puede sustituir a la madre.

—Eso es muy cierto— reconoció Ilesa—. Yo echo de menos a la mía todos los días.

—Su Señoría fue muy desventurado durante años enteros— añadió el ama de llaves—. Todos sentíamos mucha pena por el niño.

Aquella historia hizo que Ilesa valorase al Duque bajo un matiz completamente nuevo.

Ahora, al acercarse a la puerta del salón, no pensaba en él como en un hombre importante, distinguido e impresionante.

Por el contrario, lo veía como un niñito, perdido y triste sin su madre.

Cuando penetró en la estancia, todos se encontraban ya en ella, a excepción hecha de Doreen.

Al caminar hacia los reunidos, se hizo un profundo silencio. Lo rompió el Vicario para preguntar:

—¿Es ésta, realmente, mi hija más pequeña?

—Soy yo, Papá— sonrió Ilesa—. Debo agradecer a la amable ama de llaves de Su Señoría el haberme encontrado y prestado este hermoso vestido de noche.

—Está usted preciosa— le dijo Lady Mavis—. ¡Absolutamente preciosa!

Lord Randall confirmó aquellas palabras.

El Duque permanecía en silencio e Ilesa lo miró interrogadoramente. Vio en sus ojos una expresión que no supo descifrar.

—¿No le... molesta que... me lo hayan... prestado?— preguntó, preocupada.

—Usted no sólo engalana mi casa— contestó el Duque—, sino que será también, sin duda alguna, *la más bella del baile.*

Ilesa se rió.

—Me temo que me está usted adulando. Sólo espero que eso sea verdad.

Doreen llegó unos minutos más tarde, evidentemente con la intención de hacer una entrada apoteósica.

Su vestido era muy diferente al que había usado la noche anterior. Era de un intenso verde esmeralda, que acentuaba la blancura de su piel, como lo hacía también el gran collar de esmeraldas que llevaba puesto.

Tanto el Duque como Lord Randall expresaron su admiración.

Ilesa comprendió, sin embargo, cuando la miró, que estaba en extremo enfadada. Como en la noche anterior, hubo otros invitados a cenar. Por fortuna, fueron anunciados antes de que Doreen pudiera expresar su opinión sobre la apariencia de su hermanastra.

Como los recién llegados eran todos personas interesadas en los asuntos del campo, hablaron de sus caballos y de sus planes para el cercano otoño.

La cena transcurrió con todos de muy buen humor. Cuando se levantaron de la mesa y las damas se retiraron, Ilesa procuró mantenerse alejada de Doreen.

Lady Mavis le dijo:

—La veo encantadora y estoy muy contenta de que su padre y usted se puedan quedar un día más. Estoy segura de que él le será de gran ayuda a mi sobrino en sus planes respecto a la capilla.

—Papá sabe mucho de edificios históricos— reconoció Ilesa.

—Parece saber mucho de todo— sonrió Lady Mavis—. ¡Y es un caballista extraordinario! Estoy segura de que está usted muy orgullosa de él.

—Sólo quisiera que Papá pudiera tener unos cuantos caballos tan buenos como los del Duque— dijo Ilesa con tristeza—. Dos de los que tenemos en casa han empezado ya a envejecer y no veo cómo podremos reemplazarlos.

—Creo que es trágico— comentó Lady Mavis— que alguien que monta de forma tan soberbia como su padre no pueda disponer de los mejores caballos.

Cuando los caballeros se reunieron con las damas, el Duque dijo:

—Debemos ir todos ahora al salón de baile. Mi prima nos está esperando, y no quiero, dado que sus invitados son muy jóvenes, que la orquesta permanezca aquí hasta muy avanzada la noche.

—Yo pensé que mis días de baile habían quedado atrás— dijo el Vicario—; pero, en realidad, estoy impaciente por hacerlo en su salón, que me han dicho que es tan magnífico como el resto de la casa.

—Adam, ciertamente, estaba en un momento inspirado cuando lo diseñó— señaló el Duque—. En cualquier caso, dejaré que usted juzgue por sí mismo.

Para Ilesa, era el salón más hermoso que había visto en su vida.

Las columnas blancas tenían toques dorados, y del techo pintado colgaban enormes candelabros de cristal. El piso pulido parecía invitar a la danza, y constituía parte, pensó Ilesa, de su particular cuento de hadas.

Doreen esperaba que el Duque la invitara a bailar una vez hechas las presentaciones a su anfitriona.

Pero el Duque dijo:

—Éste es como un baile de presentación para tu hermanastra, así que reclamo el derecho de ser su primera pareja.

Los ojos de Doreen se oscurecieron. Sin embargo, antes de que pudiera decir nada, Lord Randall rodeó con un brazo su cintura y la llevó hacia la pista de baile.

La orquesta estaba tocando un romántico vals, e Ilesa sintió como si estuviera bailando en las nubes.

Cuando empezaron a girar alrededor del salón, el Duque le dijo:

—Es usted tan ligera, que siento como si tuviera alas en los pies.

—Eso es lo que estaba pensando yo misma— manifestó Ilesa—. ¡Esto es muy emocionante para mí!

Tenía los ojos brillantes y su cabello resplandecía, como si fuera de oro, a la luz de las velas.

La muchacha pensó mientras el Duque la conducía con sus brazos, que si nunca volvía a bailar con nadie más, tendría aquel momento para recordar durante toda su vida. Jamás olvidaría la belleza del ambiente en el que se encontraba ni lo apuesto que era el Duque. Después de aquel primer vals, Ilesa bailó con Lord Randall. La fiesta terminó, por fin, con un cotillón, en el que todas las jovencitas recibieron variados regalos.

Todas parecían flores, con sus lindos vestidos de baile. Todavía no era la medianoche cuando Ilesa se fue a la cama.

Decidió que se levantaría temprano, con el objeto de poder pasar todo el tiempo que le fuera posible con Rajah y Che-Che.

Tal y como acostumbraba a hacerlo, Ilesa despertó muy pronto.

El sol empezaba a aparecer en el Oriente y las últimas estrellas se estaban apagando. Había ya clareado el cielo cuando Ilesa llegó al jardín.

Aunque le hubiera gustado quedarse a contemplar las flores y entretenerse un poco entre los setos de hierbas olorosas, sentía como si Rajah y Che-Che la estuvieran llamando.

El placer de estar con ellos era algo que sabía que no se repetiría jamás.

Cruzó corriendo el Huerto.

Cuando llegó al área alambrada de Rajah, vio que éste se encontraba bajo el mismo árbol frondoso en que lo encontrara el día anterior.

Abrió la puerta y empezó a hablarle. Lo hizo en aquel tono tan especial que usaba siempre con los animales. Se sentó en el suelo junto al animal y rodeó su cuello con los brazos.

—¡Eres tan hermoso!— le dijo—. Pensaré en ti cuando vuelva a casa, y te enviaré mensajes que presiento escucharás de algún modo.

El tigre pareció comprender y frotó el hocico contra ella. Entonces, mientras lo acariciaba, oyó que se abría el cerrojo de la puerta, y el Duque penetró en el recinto.

—Pensé que la encontraría aquí— dijo.

Caminó hacia ella y, para sorpresa de Ilesa, Rajah no se levantó.

Esperó hasta que el Duque se sentó del otro lado. Entonces, volvió la cabeza hacia él.

—Vine temprano— comunicó Ilesa—, porque no soportaba la idea de perder un tiempo que podía pasar con Rajah y Che-Che.

Lanzó un leve suspiro.

—Voy a echarlos mucho de menos cuando vuelva a casa.

—Como estoy seguro de que ellos la echarán de menos a usted— añadió el Duque.

—¡Ellos lo tendrán... a usted!

—Y yo voy a echarla de menos también.

Se hizo el silencio. Luego, y debido a que Ilesa comprendió que el Duque estaba meditando, levantó la mirada hacia él.

—Me estaba preguntando— dijo el Duque en voz baja— qué vas a hacer respecto a nosotros.

Ilesa se quedó inmóvil.

—Yo... no sé... lo que usted... quiere decir... con eso— musitó después de un momento.

—Creo que sí lo sabes— repuso el Duque—. Me enamoré de ti, Ilesa, desde el instante en que te vi.

¡No podía creer que una mujer pudiera ser tan hermosa, tan indescriptiblemente preciosa!

—Yo... no... no… puede ser cierto— murmuró Ilesa.

—Es verdad, y ahora te estoy pidiendo... te estoy suplicando, que te cases conmigo.

Miraba a Ilesa fijamente y sus ojos se encontraron.

Por un momento, el rostro de la muchacha se transformó, tomó un brillo tan intenso como el del sol mismo.

Era como si hubiera sido transportada, más allá del tiempo y el espacio, al mundo del cuento de hadas en el que Ilesa creía.

Sin embargo, mientras el Duque la contemplaba embelesado, el brillo se esfumó.

Y con una voz que parecía proceder de muy lejos, Ilesa murmuró:

—¡Doreen! ¡Es con... Doreen con quien... debe casarse!

El Duque movió la cabeza de un lado a otro.

—No tenía intención alguna de casarme con tu hermanastra, ni con ninguna otra mujer, en realidad. Nunca le he pedido a una mujer que se case conmigo, pero no puedo vivir sin ti, Ilesa, y ésa es la verdad.

Al decir esa, pasó el brazo por encima de Rajah y rodeó los hombros de Ilesa.

Inesperadamente, y ella no estuvo segura de cómo sucedió, los labios del Duque se posaron en los suyos.

Era la primera vez que la besaban. El beso resultó todo lo que ella esperaba, y más.

Sintió como si la luz del sol estuviera recorriendo sus senos todo su cuerpo respondió a las vibraciones que siempre había supuesto procedían del Duque. De una forma que no comprendía, se había convertido en parte de él.

Cuando el Duque la soltó, se quedaron mirándose a los ojos, con Rajah ronroneando entre ellos.

—Te... amo— dijo Ilesa—. ¡Yo no sabía que era... amor, pero lo es... y es algo... maravilloso!

—Eso es todo lo que quiero saber— replicó el Duque—. Ahora, mi amor, puedes compartir a Rajah conmigo. ¡No creo que haya muchas personas en el mundo que se hayan besado por primera vez por encima del lomo de un tigre!

Ilesa lanzó una risa nerviosa.

Luego, una vez más, volvió el rostro hacia el otro lado.

—Pero... Doreen quiere... casarse contigo— dijo—. Está decidida a... ser... tu esposa. ¿Cómo puedo yo ser... tan cruel con ella?

El Duque extendió la mano para tomar la suya.

Hecho esto, comentó:

—Ya te dije, mi amor, que nunca tuve intenciones de casarme con nadie... y mucho menos con alguien como Doreen.

—Pero ella... piensa que tú... la amas— balbuceó Ilesa. La forma en que se expresó le reveló al Duque lo que Ilesa estaba pensando.

—Escucha, amor mío— dijo—. Comprendo, porque eres tan inocente e inexperta, que te escandalice que mujeres como tu hermanastra tengan *apasionados romances,* cuando están casadas, o cuando lo han estado anteriormente.

El rubor llenó las mejillas de Ilesa, por lo que bajó la cabeza. No podía mirar al Duque a los ojos.

Los dedos de éste apretaron los suyos mientras continuaba diciendo:

—Debes entender que, para la mayor parte de los hombres, las mujeres son como hermosas flores. No seríamos humanos si no admiráramos su belleza y disfrutáramos de su fragancia, y si no quisiéramos poseerlas también, aunque sólo sea por un poco de tiempo.

—Pero... sin duda... eso está mal, ¿no?— musitó Ilesa.

El Duque replicó con celeridad:

—No, si las dos personas que intervienen en el asunto saben con exactitud lo que están haciendo y si la mujer no es una jovencita como tú, sino una mujer casada. Aunque parezca reprobable que le sea infiel a su esposo.

—Papá diría... que es un... pecado— señaló Ilesa.

—Y tendría mucha razón al pensarlo así— dijo el Duque—. Sin embargo, es algo que ha sucedido desde el principio de los tiempos. Lo que estoy tratando de decirte, cariño, es que todo hombre tiene en su corazón un altar donde pone, primero, a su madre, y después a la primera mujer a la que ama. Si tiene suerte, esa mujer es su esposa. Y quiere que sea perfecta y que le pertenezca sólo a él.

Calló por un momento antes de añadir:

—Eso es lo que busca desde que se hace hombre, aunque se niegue a admitirlo; pero, desde luego, como tú comprenderás, sufre muchas desilusiones. Piensa que ha encontrado la flor perfecta, la azucena pura que debe poner en el altar junto a su madre, y surge la desilusión.

Ilesa lo escuchaba con atención y pensó que lo que decía era muy conmovedor.

Por la forma en que hablaba y la sinceridad de su voz, comprendió lo mucho que su madre había significado para él.

—Te he buscado y buscado— continuó diciendo el Duque—, sólo para encontrar siempre que había vuelto a equivocarme y que, la flor que había cortado con tanta ilusión se marchitaba.

Su voz se hizo más profunda al agregar:

—Ahora te he encontrado, y casi no puedo creer que seas real, que no seas, simplemente, parte de mi imaginación y de mis sueños.

Ilesa no pudo contenerse y dijo:

—¡Soy... real! Pero... ¿por qué... oh... por qué... tenías que ser... un Duque? ¿Por qué no... puedes ser un... hombre común, a quien yo podría amar... cuidar y... hacer feliz?

El Duque pensó que era la cosa más conmovedora que había oído nunca.

Se daba perfecta cuenta de que las mujeres como Doreen, que lo perseguían y estudiaban el modo de casarse con él, eran más atraídas por su título que por su persona. Algunas habían llorado amargamente cuando él las dejaba. Al mismo tiempo, no podía evitar entender cínicamente cuál era la verdad.

Sus lágrimas no habrían sido tan amargas si él no se hubiera tratado de un Duque, además de un amante ardiente.

Cuando miró a Ilesa a través de Rajah, comprendió que ella era lo que él siempre había buscado, todo lo que deseaba.

Pero imaginó, también, que era algo por lo que tendría que luchar.

Por primera vez en su vida, iba a ser difícil lograr que una mujer hiciera lo que él quería.

En lo que a Ilesa se refería, eso iba contra su conciencia, o tal vez contra su alma.

Aprisionó la mano de Ilesa con las dos suyas, como si temiera que fuera a escaparse.

Y dijo:

—No quiero alterarte ni preocuparte, mi amor, mas te juro que no descansaré hasta que te haya hecho mi esposa.

Le sonrió antes de añadir:

—De algún modo, nos enfrentaremos juntos al problema. Lo único que sé es que no quiero... que no puedo... perderte.

Hubo una pausa y, con voz muy suave, Ilesa dijo:

—No es... sólo... Doreen... sino que, desde que... Mamá murió, Papá ha sido muy... desdichado... y sé que no podría... dejarlo solo... en la vicaría... con todos... llamando a la puerta con sus... problemas. Él no podría atenderlos.

Suspiró antes de añadir:

—Sería muy... cruel por mi parte... hacer una cosa así, dejarlo solo, y... Mamá se sentiría muy... triste.

El Duque, tras quedarse pensativo un momento, comentó:

—Tu padre puede elegir cualquiera de mis parroquias... y hay un gran número de ellas.

Ilesa movió la cabeza negativamente.

—Él nunca... dejará Littlestone. La gente allí... lo necesita. Depende de su ayuda, y Papá la conoce desde que... nació en la Casa Grande... y creció entre... esas personas.

Se volvió a mirar al Duque y había lágrimas en sus ojos.

—¿Cómo... cómo podría yo... abandonarlo... en estos momentos? ¡Oh, por favor... por favor... comprende!

El Duque no dijo nada y ella continuó con voz todavía más patética:

—Cuando tú... me besaste... comprendí que te... amaba... y sé que lo que he estado... sintiendo desde que... vine a... a Heron. Cuando todo lo que hacía me parecía tan emocionante... y maravilloso... era realmente... amor.

El Duque permaneció callado e Ilesa continuó:

—¿Cómo... podría yo... hacerte feliz... o ser como tú... quieres que sea... si supiera que había abandonado a papá?

El Duque se pasó la mano por la frente.

—De algún modo— dijo lleno de confianza—, encontraremos una solución. Todavía no sé cuál puede ser, pero hallaré una solución.

Habló con una determinación y en un tono de voz que Ilesa nunca antes había escuchado.

Luego, el Duque agregó:

—Tienes que entender, amor mío, que estaré sufriendo todos los dolores de los condenados si tengo que pensar, siquiera por un momento, que voy a perderte.

Ilesa hizo un leve gesto de impotencia.

—¿Qué... puedo... hacer? Oh, ¿qué... puedo hacer?

El Duque se puso de pie y, después de caminar alrededor de Rajah, la ayudó a ella a incorporarse.

—Vamos a resolver este problema juntos— dijo—; pero, por el momento, sólo Rajah debe saber que te amo y que tú me amas... aunque no tanto como me amarás cuando te enseñe todo sobre el amor. Querida mía, amor de mi vida, mi futura esposa. ¡Tú eres mía, y nadie podrá arrancarte de mi lado!

Sus palabras terminaron con una nota triunfal.

Acto seguido, sus brazos se cerraron en torno a Ilesa, y la besó de forma apasionada hasta que ambos se quedaron sin aliento.

El Duque levantó la cabeza e Ilesa ocultó el rostro contra su hombro mientras él decía:

—Amor mío, seré muy cariñoso contigo. No deseo asustarte, pero, por favor, sé amable conmigo. Necesito no sólo tu amor, sino también tu bondad y tu comprensión acerca de lo mucho que estoy sufriendo y de lo temeroso que estoy de que te vayas de mí.

—Yo siento... ya... como si... te perteneciera— dijo Ilesa en un murmullo.

—Tú me perteneces— replicó el Duque muy convencido—. Somos uno parte del otro y es imposible ahora que estemos divididos.

Levantó el rostro de Ilesa hacia el suyo y la besó de nuevo. Sus besos fueron ahora muy delicados, como si le estuviera suplicando que le entregara el corazón.

Rajah decidió que lo estaban olvidando y atrajo su atención frotándose contra las piernas del Duque.

Entonces, trató de introducirse entre los dos.

Ilesa lanzó una risa temblorosa.

—Rajah está... celoso. Es... alguien más que... trata de... evitar que... estemos... juntos.

—Compartiremos a Rajah— le aseguró el Duque— y, de algún modo, por algún milagro, tal vez, a través de la oración, encontraremos la salida de este laberinto hacia el cielo que has abierto para mí.

Ilesa alzó la mirada hacia el Duque.

—Tú eres... tan importante— dijo—. ¿Estás... seguro de que yo soy... la persona adecuada para ser... tu esposa?

—Tú eres la *única* persona a la que he considerado para esa posición— afirmó el Duque—. Así como mis animales te quieren y confían en ti como no habían confiado en nadie más que en mí, así mi gente en Heron y en mis otras propiedades te necesitan y aprenderán a quererte.

Los brazos del Duque la oprimieron con fuerza cuando sugirió:

—Ahora iremos a hablar con Che-Che y tal vez él nos diga lo que tenemos que hacer.

Estaba tratando, a su modo, de hablar con ligereza para que ella dejara de sentirse indecisa respecto al futuro. Caminaron tomados de la mano hacia la zona de Che-Che. ¡El animal los estaba esperando!

Saltó hacia el Duque con evidente placer en cuanto entraron a su área.

Hablaron con él, y Me-Me salió de su cubil y se acercó más a ellos de lo que lo hiciera el día anterior.

Hasta permitió que tanto el Duque como Ilesa la acariciaran.

—Estoy segura de que ellos comprenden... lo que estamos... sintiendo— dijo Ilesa.

—Por supuesto que lo entienden— dijo el Duque—, como lo entiende Rajah. Estoy seguro de que ellos sabían que, mientras yo estaba triste y solo aquí, tú te encontrabas en algún lugar del mundo. Y ellos hicieron arreglos a su modo, y con sus pequeñas mentes astutas, para que te conociera.

Ilesa se rió.

—¡Ésa sería una hermosa historia! Un día debes escribirla y yo la ilustraré.

—Eso sí que sería algo que nuestros hijos disfrutarían— dijo el Duque.

Esperó para ver cómo subía el color a las mejillas de Ilesa y sus ojos se llenaban de timidez.

Luego, dijo:

—¡Oh. Dios mío, cuánto te amo! Voy a seguir luchando por ti, aunque me cueste la vida.

Capítulo 7

ILESA y el Duque palmearon de nuevo a Che-Che y se encaminaron hacia la puerta. El leopardo los siguió e Ilesa volvió la mirada hacia él.

—Creo que sabe que estamos preocupados— dijo.

—Estoy seguro de que lo sabe— afirmó el Duque.

Cerraron la puerta tras ellos y atravesaron el huerto con rapidez. Cuando llegaron al jardín de las hierbas, el Duque se detuvo.

—Creo— sugirió— que será mejor que entremos separados.

—Por supuesto, es lo más sensato— reconoció Ilesa. Pensó en lo inteligente que era al pensar en todo y levantó la mirada hacia él, con ojos muy brillantes.

—Te amo— dijo el Duque con voz profunda—, y sabes lo mucho que me preocupa en estos momentos que trates de escapar de mí.

Ilesa balbuceó:

—No... lo... haré, pero...

—¡Lo sé, lo sé!— la interrumpió el Duque—. Siempre hay un «pero». En cualquier caso, cariño, no me tengas esperando demasiado tiempo.

No la besó, aunque ella estaba esperando que lo hiciera. Entonces, como el Duque se diera la vuelta para quedarse mirando la fuente, Ilesa corrió hacia la casa.

Mientras lo hacía a través de los prados, iba rezando por que de alguna forma milagrosa, todo se resolviera.

«¿Qué puedo hacer, Mamá?», preguntó desde su corazón. «¿Qué puedo hacer? Sé que estás pensando en mí, pero también debes estar pensando en Papá, y no puedo dejarlo solo sabiendo que se siente tan desdichado».

Sintió como si su oración volara al cielo y su madre la estuviera escuchando.

Luego, cuando llegó a la casa, en lugar de dar la vuelta para entrar por la puerta principal, se introdujo en el salón por los ventanales franceses.

Al entrar al desayunador, encontró a su padre con Lady Mavis y Lord Randall.

—Buenos días, Papá— dijo, besando al Vicario.

—Pensé que habías ido a cabalgar— comentó éste.

—Salí a pasear por el jardín de hierbas olorosas. Yo sé lo emocionada que se habría puesto Mamá si hubiéramos podido tener uno así.

El Vicario no contestó.

Ilesa caminó hacia el aparador, donde había numerosas fuentes de plata.

En el momento en que llegaba a él, Doreen entró en la estancia.

—Me he levantado temprano— anunció antes de que alguien pudiera decir algo— porque creo que debemos hacer algo especial esta mañana, ya que tú, Papá, te vas mañana.

Había una nota en su voz que le reveló a Ilesa con toda claridad que Doreen estaba impaciente por librarse de ellos. Quería dejar bien en claro que la invitación para ellos no se extendería por más tiempo.

Cuando se colocó junto al aparador, Lord Randall se le acercó.

—Permíteme ayudarte— dijo.

Entonces, con una voz que sólo Doreen pudo escuchar, añadió:

—Estás preciosa. Todavía más hermosa de como lo estabas anoche.

—Eso me recuerda que debo convencer a Drogo para que organice un verdadero baile aquí— contestó Doreen.

Lord Randall guardó silencio.

Ilesa, sin embargo, observó el dolor que apareció en sus ojos y pensó que su hermanastra, de nuevo, estaba siendo innecesariamente cruel.

Todos se hallaban sentados ya a la mesa cuando entró el Duque.

—Buenos días— saludó—. Les advierto a todos que va a hacer mucho calor hoy, así que debemos escoger alguna diversión que no nos vaya a asar vivos bajo el sol.

—Pienso— dijo Lord Randall, antes de que nadie más pudiera hablar— que podríamos organizar, Drogo, una competencia de saltos en tu pista. He estado inspeccionando esas nuevas vallas que pusiste, y me parece que son magníficas.

—Hice un especial esfuerzo para que fueran bien colocadas— repuso el Duque—, y es una buena idea que probemos algunos de los caballos nuevos en ellas.

—A mí no me gusta saltar— protestó Doreen con aire petulante.

—Pero, por supuesto, Doreen, tú serás la que juzgue y la encargada de dar los premios.

—¿Qué premios?— preguntó Doreen.

—Eso será una sorpresa— contestó el Duque—. Ya pensaré en algo realmente excitante para los participantes y, desde luego, también para ti.

Ilesa comprendió, por la forma en que su hermanastra tomó aquellas palabras, que ésta estaba pensando que el Duque le había prometido algo más importante que una simple sorpresa.

Entonces, el mayordomo se acercó al Duque.

—Creo, Señoría— dijo—, que le gustaría saber que Hilton acaba de llegar con las orquídeas blancas que se trajeron de Singapur. Han sido arregladas en una fuente y las he colocado en el salón, en la mesa que hay junto a la ventana.

—¡Mis orquídeas de Singapur!— exclamó el Duque—. Estaba esperando que florecieran. Diga a Hilton que estoy encantado de que las haya traído.

—Muy bien, Señoría.

El mayordomo se retiró y Lady Mavis dijo:

—El calor debe haber favorecido su floración. Las vi antes de ayer y aún estaban en capullo.

—Yo hice lo mismo— dijo el Duque—. En cualquier caso, quiero que todos las vean, porque son orquídeas fuera de lo común, ya que son completamente blancas.

Miró hacia Ilesa al tiempo que hablaba.

E Ilesa comprendió, porque podía leer sus pensamientos, que el Duque estaba pensando que, para él, ella era como las orquídeas: pura y blanca.

Bajó la mirada hacia su plato por si se ruborizaba y alguien lo advertía.

En consecuencia, no se dio cuenta de que al Duque le costaba trabajo desviar la mirada de ella.

Cuando terminaron de desayunar, el Duque sugirió:

—Ahora, vamos a ver las orquídeas. Estoy seguro de que ustedes pensarán, como me pasó a mí cuando las vi, que son excepcionales, y que se trata sin duda de las flores más bellas que es posible imaginar.

Abrió la puerta.

Doreen e Ilesa salieron del desayunador y el Duque y Lord Randall las siguieron.

El Vicario y Lady Mavis tardaron un poco más en levantarse de la mesa.

Los otros cruzaron el vestíbulo y entraron al salón.

El sol entraba por una ventana y, en el extremo más lejano de la estancia, Ilesa pudo ver las orquídeas en una mesa, junto a la ventana.

De pronto, cuando Doreen y ella caminaban hacia las flores, su hermanastra lanzó un agudo grito.

Fue tan fuerte y resonante, que Ilesa la miró, asustada. Doreen gritó de nuevo.

Ilesa descubrió que Che-Che había entrado por los ventanales franceses y se encontraba allí, mirándolos.

Doreen se dio la vuelta y corrió hacia los dos hombres que se encontraban a sus espaldas.

Y se lanzó contra Lord Randall, gritando:

—¡Hugo! ¡Hugo! ¡Sálvame... sálvame!

Los brazos de éste la rodearon.

Mientras ella temblaba contra él, Lord Randall dijo:

—Yo te protegeré, mi amor.

Ilesa corrió hacia Che-Che. El Duque, en cambio, estaba mirando a Doreen en los brazos de Lord Randall.

Tenía el rostro oculto en el cuello de éste y los brazos masculinos la oprimían contra el pecho.

—Parece, Hugo— dijo el Duque en voz baja—, que debo felicitarte.

—Eso espero, Drogo— replicó Lord Randall.

Acto seguido, levantó a Doreen en sus brazos y la llevó a través de la habitación hacia una puerta abierta que conducía a una antesala.

Ilesa estaba en cuclillas junto a Che-Che, con los brazos alrededor del cuello del animal.

Cuando el Duque se reunió con ella, dijo:

—Yo sabía que Che-Che estaba preocupado por nosotros. Por eso se escapó.

El Duque lanzó un profundo suspiro de alivio.

—Eso ha resuelto, en cualquier caso, un problema para nosotros— dijo—. Y Hugo será muy feliz.

Ilesa lo miró, sorprendida y el Duque le preguntó:

—¿Tú sabías que estaba enamorado de Doreen?

Ilesa asintió con la cabeza.

—Empecé a sospecharlo hace dos noches. Comprendí que sus intenciones hacia ella eran serias.

Hizo una pausa y añadió:

—Creo que Doreen estaba realmente enamorada de él, mas la tenía hipnotizada la posibilidad de convenirse en Duquesa.

—Le fascinaba tu corona de Duque... que yo detesto tanto.

Los ojos del Duque brillaron alegremente.

—Te prometo, amor mío— dijo—, que la usaré sólo en ocasiones muy formales.

Ilesa sonrió, pero no dijo nada.

El Duque sabía que estaba pensando en su padre.

Aunque Doreen no se interpusiera ya en su felicidad, había que considerar todavía al Vicario.

—Te amo— dijo el Duque con voz muy suave.

El Vicario y Lady Mavis seguían al resto del grupo en dirección al salón, cuando el mayordomo los detuvo.

—Discúlpeme, Señor— dijo al Vicario—, pero creo que debería usted ver los periódicos de la mañana, que acaban de llegar. Están en el estudio de Su Señoría.

La forma en que lo dijo, en un tono de voz profundo y serio, hizo que el Vicario lo mirara con sorpresa. Sin embargo, no preguntó nada. Lady Mavis había oído lo dicho por el mayordomo.

Cuando el Vicario se dio la vuelta y se dirigió por el corredor hacia el estudio, decidió acompañarlo. Ninguno de los dos pronunció palabra.

El Vicario abrió la puerta y ambos entraron en la habitación. El Vicario se dirigió directamente hacia la banqueta que había frente a la chimenea.

Los periódicos de la mañana siempre eran situados allí para que estuvieran continuamente a disposición del Duque. El Vicario tomó el *Morning Post*.

Al ver la primera página, emitió una exclamación ahogada.

El encabezado pareció saltar hacia él:

SOLDADOS BRITÁNICOS, EMBOSCADOS POR UNA TRIBU NATIVA. MASACRE EN LA FRONTERA NOROESTE.
El Gobernador de la Provincia de la Frontera Nor-Oeste, el Conde de Harlestone, y su único hijo murieron en la emboscada.

El Vicario leyó la noticia, al igual que lo hizo Lady Mavis, que se encontraba junto a él.

Lady Mavis puso una mano en el brazo del Vicario y dijo:

—Lo siento mucho.

—Y yo lo siento por mi cuñada— expresó el Vicario en voz baja—. Debo, desde luego, ponerme en contacto con nuestros demás familiares.

Hablaba como si lo hiciera consigo mismo.

—Claro que tienes que hacer eso— indicó Lady Mavis—. Te corresponde a ti hacer todos los arreglos para que los cuerpos sean traídos a Inglaterra y sepultados en la cripta familiar.

El Vicario la miró y Lady Mavis añadió:

—Debes comprender que ahora eres el cabeza de familia y el nuevo Conde de Harlestone.

Inmediatamente comprendió que al Vicario no se le había ocurrido que aquélla era ahora su posición, pero ella se lo había hecho notar.

Entonces, al mirarla, el Vicario contuvo el aliento antes de decir en voz muy baja:

—Ahora puedo pedirte que me hagas el gran honor de ser mi esposa.

Sus ojos se encontraron y Lady Mavis emitió un leve grito.

—Tenía yo mucho miedo de que no me lo pidieras.

El Vicario abrió los brazos y ella se lanzó a ellos.

*

En el salón, uno de los indios que cuidaban a los animales del Duque apareció por el ventanal.

Era evidente que venía sin aliento, después de haber corrido tan rápido como le fue posible.

Cuando vio al Duque, hizo una reverencia.

—Perdón, Lord *Sahib*— dijo—. Che-Che salió muy rápido... Yo entraba a su... jaula. Yo corrí... aprisa, pero no... alcancé.

—Él no corre ningún peligro aquí— le indicó el Duque—. Y creo que nos estaba buscando a la señorita Harle y a mí.

—Che-Che ama mucho a usted, Lord *Sahib*— replicó el indio.

Acto seguido, colocó un collar alrededor del cuello de Che-Che y lo enganchó a una correa que también portaba consigo.

—Iremos a verte más tarde— dijo el Duque, dando unas palmadas a Che-Che antes de que se lo llevaran.

—Tenías razón— le comentó Ilesa al Duque—. Che-Che sabía que lo necesitábamos, y fue muy inteligente al venir a buscarnos.

—Creo que lo atrajiste hacia ti mediante tu magia especial— replicó el Duque—, como me has atraído a mí.

Ambos se habían puesto de pie.

El Duque estaba extendiendo sus brazos hacia ella, cuando oyeron que alguien entraba en la sala.

Se trataba del mayordomo.

—¿Qué ocurre?— preguntó el Duque.

—Pensé que Su Señoría debía saber que hay malas noticias para el señor Vicario en los periódicos de esta mañana— contestó el mayordomo.

—¿Malas noticias?— repitió el Duque.

—Sí, Señoría. El Conde de Harlestone y su único hijo fueron asesinados en el curso de un levantamiento en la India.

—¡Santo cielo!— exclamó el Duque.

—El Vicario y su tía se encuentran en el estudio, Señoría.

El mayordomo se retiró.

Entonces, Ilesa, que había permanecido callada, dijo:

—¡Oh, pobre Papá! Esa noticia ha debido dejarlo desolado.

—Por supuesto— reconoció el Duque—. Al mismo tiempo, ahora es tu *rico papá*.

Ilesa lo miró y el Duque le explicó:

—Debes empezar a hacerte a la idea de que tu padre es ahora el Conde de Harlestone.

—Sí, supongo que sí— dijo Ilesa con voz de asombro—. ¡Oh, Drogo! Eso significa que ahora puede emplear otra vez a toda la gente que el tío Robert despidió antes de irse a la India.

Hubo una repentina alegría en el tono de su voz.

El Duque se preguntó cuántas mujeres estarían pensando en los que se hallaban sin trabajo, en lugar de la diferencia que la nueva posición de su padre supondría para ella.

—Debemos ir al lado de Papá ahora mismo— dijo Ilesa.

—Por supuesto— asintió el Duque.

Salieron del salón y caminaron por el corredor.

El Duque abrió la puerta del estudio.

Cuando entraron en él, Ilesa vio con gran asombro que su padre tenía en sus brazos a Lady Mavis. Por un momento, no pudo hacer otra cosa que mirarlos. Sin embargo, antes de que ella pudiera expresarse, el Duque intervino:

—Nos han dicho, señor Vicario, que ha recibido malas noticias respecto a su hermano. De todas formas, estoy seguro de que nadie mejor que usted podría llenar la posición que ha dejado en Inglaterra.

—Gracias— dijo el Vicario con voz muy suave— . Creo que debo comunicar a Su Señoría que tendré el apoyo, en esa nueva posición que acaba de mencionar, de la tía de usted.

Tras decir eso, sonrió a Lady Mavis.

Ilesa pensó que no había visto a su padre con una expresión tan feliz desde la muerte de su madre.

—¿Me quieres decir, Papá— preguntó—, que vas a casarte con Lady Mavis?

—Ella me ha hecho el gran honor de aceptarme como esposo— dijo el Vicario—. Sé lo mucho que me ayudará en todas las dificultades que me esperan.

Ilesa comprendió en lo que estaba pensando.

Le esperaba la restauración de la casa, la incorporación a ella de la gente despedida y el esfuerzo de hacer que toda la finca volviera a ser próspera y productiva.

El Duque se hizo cargo de la situación y comentó:

—Quiero hacer algunas sugerencias que creo que serán ventajosas no sólo para Su Señoría, sino para el resto de nosotros.

Sus interlocutores lo miraron sorprendidos y el Duque continuó:

—En primer lugar, me gustaría que el nuevo Conde de Harlestone me casara con su hija dentro de las próximas horas.

El Vicario lanzó una exclamación ahogada, pero el Duque prosiguió:

—Creo que, una vez que hayamos partido hacia nuestra luna de miel, sería muy conveniente que mi tía y el Conde se casaran, también en el día de hoy, antes de volver a Littlestone.

Fue ahora el turno de Lady Mavis de mostrarse asombrada, hasta que el Duque explicó:

—Si esperan hasta que la familia y todos los demás se enteren de la muerte de Robert Harlestone, sabrán que está usted de luto, y su matrimonio, en consecuencia, tendría que ser pospuesto.

Miró a Ilesa antes de añadir:

—He oído todo acerca de los problemas que le esperan, y creo que necesita el apoyo y la ayuda de mi tía, cosa que no podrá proporcionarle si no están casados. Usted puede casarse legalmente, simplemente, como Mark Harle.

El Vicario emitió un profundo suspiro.

—Por supuesto— dijo—; tiene usted toda la razón. ¿Aceptas, Mavis querida, la sugerencia muy sensata, casi genial, de tu sobrino?

—Naturalmente que la acepto— dijo Lady Mavis—. Yo quiero ayudarte; sabes muy bien cuánto lo deseo.

Ilesa comprendió, por la forma en que se expresó, que Lady Mavis estaba muy enamorada de su padre.

Pensó que nada podía ser mejor.

—Nada lo haría más feliz que tener a su lado a una mujer tan bondadosa, gentil y comprensiva como Lady Mavis.

Como si todo hubiera quedado ya acordado entre ellos, el Duque dijo:

—Ahora, enviaré inmediatamente por mi capellán privado. ¿Le parece, señor Vicario, que nos case a su hija y a mí a las once y media en punto?

Ilesa lanzó un leve grito.

De todos modos, protestó:

—Quiero casarme contigo. ¡Por supuesto que quiero casarme contigo! Pero, ¿te das cuenta de que no tengo nada que ponerme?

El Duque se echó a reír.

—En ese caso, mi amor— dijo—, iniciaremos nuestra luna de miel en París. Yo te vestiré de una forma que hará que tu belleza sea todavía más espectacular de lo que lo es en estos momentos. Al mismo tiempo, como seré un marido muy celoso, lamento mucho que no pueda insistir en que uses un *yashmak*, como las musulmanas.

Todos rieron y el Vicario comentó:

—¡Siento como si me arrastrara una corriente impetuosa e incontenible! Pero no me quejo. Estoy seguro, Drogo, de que tienes mucha razón en lo que has sugerido.

—Ahora, voy a poner las ruedas en movimiento— dijo el Duque—. Y debemos brindar por nuestra felicidad. No obstante, como apenas acabamos de desayunar, lo haremos un poco más tarde.

Salió del estudio e Ilesa se dirigió a su padre para besarlo.

—Me siento muy feliz por ti, Papá— dijo—. Ahora dispondrás de suficiente tiempo para realizar todas las cosas que has deseado hacer siempre. Ya no necesitamos preocuparnos porque las casitas se estén cayendo, ni porque la gente de Littlestone no tenga para comer.

—Y yo sé, Queridita Mía, que tú vas a ser muy dichosa— replicó el Vicario—. Siento una gran admiración por Drogo. Lady Mavis me ha estado contando lo desdichado que fue al perder a su madre siendo muy niño.

—Trataré de compensarlo por lo que sufrió— prometió Ilesa, y tanto ella como su padre sabían que era un voto que estaba muy dispuesta a cumplir.

Cuando subió a su dormitorio para decir a la doncella que preparara su equipaje, descubrió que la noticia de lo que estaba ocurriendo ya se había extendido por toda la casa.

El ama de llaves y dos doncellas habían recogido ya las pocas cosas que llevara a aquella casa con ella.

Todo, excepto, desde luego, el vestido de bodas de su madre.

—¿Voy a ponerme este vestido?— preguntó al ama de llaves.

—Por supuesto, Señorita— contestó la aludida—. Y ya tengo el velo que la madre de Su Señoría, la difunta Duquesa, usó el día de su boda. Las tiaras han sido sacadas de la caja fuerte, así que puede escoger la que le guste más.

Ilesa pareció un poco desconcertada y el ama de llaves preguntó:

—Éste es un día feliz para todos nosotros, Señorita. Hemos estado esperando a que Su Señoría traiga a la casa una esposa que pueda sustituir a su madre y que nos agrade a todos.

La señora Field tomó una bocanada de aire antes de continuar diciendo:

—Hablo no sólo en mi nombre, sino en nombre de todo el personal, cuando le digo con apego a la verdad, Señorita, que usted es justamente el tipo de esposa que esperábamos que eligiera Su Señoría.

Ilesa contestó:

—Muchas gracias. Yo sé que todos ustedes tratarán de ayudarme y evitarán que cometa errores. Nunca he vivido en una casa tan grande corno ésta, pero quiero convertirla en un hogar feliz para mi esposo.

Habló con cierta timidez.

La vieja ama de llaves parpadeó para contener las lágrimas que cuajaban sus ojos antes de expresarse:

—Ahora, Señorita, tenemos que pensar en lo que debe prepararse. Su Señoría me dijo que va a llevarla a París, pero no tiene usted mucho que ponerse antes de llegar allí.

Ilesa asintió con la cabeza.

—Eso es verdad. Sería muy amable por su parte si pudiera prestarme algunas otras cosas.

Cruzó por su mente que tal vez podría pedir ayuda a su hermanastra.

No obstante, comprendió que, en realidad, se habían olvidado de Doreen, la cual todavía podía plantearles problemas.

Por supuesto que no le gustará nada que ella se casara con el Duque. De todos modos, y debido a que se sentía tan dichosa, Ilesa trató de no pensar en la desaprobación de Doreen.

«Estoy segura de que va a ser feliz con Lord Randall», se dijo.

Pero todavía se sentía un poco inquieta.

La señora Field encontró varios vestidos que, aunque pasados un poco de moda, eran muy favorecedores.

—Me hubiera gustado disponer de más tiempo—dijo—; pero Su Señoría siempre ha estado con prisas desde que lo conozco. ¡Aunque nunca sospeché que nos avisaría sobre su boda con sólo unos minutos de anticipación!

Ilesa se echó a reír.

—Le estoy muy agradecida por estos vestidos— dijo—. Son, ciertamente, mucho más elegantes que cualquiera de los que yo tengo.

En realidad, apenas sí se había fijado en ellos antes de que la doncella los introdujera en un baúl.

Se trataba de un baúl nuevo, que la señora Field había hecho subir a su habitación.

Era maravilloso que, después de todas las preocupaciones que había tenido, pudiera ahora casarse con el Duque sin sentirse culpable y sin lastimar a nadie.

Eso esperaba, al menos.

Por fin, se puso el vestido de novia de su madre, y su cabello fue peinado a la última moda y cubierto con un exquisito velo de encaje de Bruselas.

La señora Field le preguntó cuál de las tiaras, que habían sido extendidas sobre la cama, quería usar.

Ilesa eligió la más pequeña.

Era la menos impresionante y, para ella, la más hermosa también.

Representaba una guirnalda de flores hechas con diamantes. Cuando Ilesa se miró en el espejo, decidió que el Duque aprobaría lo que había escogido.

Para él, ella era una flor, y no debía marchitarse nunca.

Sabía, también, que la había colocado ya en el altar oculto de su corazón.

Un minuto antes de las once y media, el ama de llaves abrió la puerta del dormitorio.

—Su Señoría la espera en el vestíbulo, Señorita— dijo—. ¡Qué Dios los bendiga y que les dé a ambos una gran felicidad en este día, el más importante de sus vidas!

—¡Gracias! ¡Gracias!— repuso Ilesa.

Las doncellas le desearon igualmente buena suerte mientras ella cruzaba con lentitud el corredor y bajaba la gran escalera que conducía al vestíbulo.

El Duque la estaba esperando.

Ilesa nunca lo había visto tan elegante.

La pechera de su levita estaba cubierta de resplandecientes condecoraciones y llevaba la orden de la jarretera sobre un hombro.

Esperó hasta que Ilesa llegó al último escalón. Entonces, extendió las manos y tomó las de la novia.

—Te ves, mi amor— dijo en voz baja—, exactamente como quería yo que te vieras. Como un ángel bajado del cielo con el objeto de ayudarme, protegerme y guiarme.

Los dedos de Ilesa oprimieron los del Duque y éste añadió:

—Así es como siempre quise casarme. Sin una multitud que estuviera chismorreando y riendo. Contigo nada más y junto a la gente que amamos.

—Siento que estoy soñando— dijo Ilesa—. ¿Puede ser esto cierto verdaderamente?

—Haré que sea cierto más tarde, cuando te convierta realmente en mi esposa— contestó el Duque.

Levantó un ramo que había sobre una mesa lateral.

Al tomarlo, Ilesa advirtió que estaba hecho con las orquídeas blancas llegadas desde Singapur.

Pensó que no sólo eran un símbolo del amor del Duque, sino que les había proporcionado la suerte que ellos no esperaban.

Si después del desayuno no hubieran ido al salón a ver las orquídeas, nadie se habría dado cuenta de que Che-Che se había escapado y se encontraba allí.

En ese caso, Doreen no se habría asustado, y tampoco se habría arrojado instintivamente a los brazos de Hugo.

Era como si todo hubiera sido arreglado desde el cielo de una forma muy astuta.

Ilesa envió una pequeña oración de gracias a su madre. Mientras caminaban por el corredor, el Duque dijo:

—Por si acaso estás preocupada por Doreen, mi amor, debo decirte que Hugo y ella se fueron ya de Heron.

Ilesa levantó la mirada, sorprendida, y el Duque le explicó:

Hugo no quiere correr riesgos. Ella le ha prometido casarse con él, y se fueron a Londres, conduciendo mi nuevo tiro para que puedan llegar pronto.

—Eso fue muy amable de tu parte.

El Duque se echó a reír.

—Hubiera dado a Hugo todos mis caballos y la mitad de Heron por saber que tú ya no estabas preocupada por tu hermanastra. Ella va a ser, estoy seguro, muy feliz con Hugo, que la adora.

Ilesa sonrió levemente y dijo:

—Me siento encantada de que... nadie esté disgustado, ahora que nosotros vamos a... casarnos. Y me siento... muy afortunada de poder... convertirme... en tu esposa.

—¿Y cómo crees que me siento yo?— preguntó el Duque.

Bajó la mirada hacia ella y añadió con mucha suavidad:

—Te diré más tarde lo que siento, cuando seas mía en cuerpo y alma.

Al acercarse a la capilla, escucharon una música que era interpretada muy suavemente.

Franquearon la entrada de estilo gótico.

Ilesa vio a su padre que, con una magnífica vestimenta, los estaba esperando.

Advirtió también que, aunque dispusieron de muy poco tiempo, los jardineros habían llenado la capilla de flores.

Con las velas encendidas y el sol entrando por los emplomados de la ventana, todo el recinto se veía muy hermoso.

Allí estaba igualmente el capellán del Duque, al objeto de ayudar al padre de Ilesa en el curso de la ceremonia.

El otro testigo era Lady Mavis, que se encontraba sentada en uno de los bancos de madera tallada.

Ilesa pensó que nunca había oído a su padre leer el servicio de forma tan conmovedora.

Al mismo tiempo, transmitía una indudable felicidad en su voz, que ella no le había escuchado en los últimos dos años.

Por fin, el Duque y ella se arrodillaron y el Vicario los bendijo.

Ilesa pensó que podía oír a los ángeles cantar y que su madre los estaba mirando.

Sonreía, porque eso era lo que ella deseaba.

«¡Gracias! ¡Gracias!», le dijo Ilesa desde el fondo de su corazón. «Y gracias... Dios mío. Por favor, ayúdame a hacer a Drogo feliz, así como a todos los que hayan de tener relación con nosotros».

Dijo aquella oración con tal intensidad, que sus ojos se llenaron de lágrimas.

Luego, al ponerse de pie, el Duque retiró con mucha delicadeza su velo y lo echó por detrás de su cabeza.

Y la besó.

Fue un beso muy sencillo y reveló a Ilesa que los votos que acababan de hacer eran sagrados para él.

El Duque los guardaría hasta el fin de su vida.

El Duque hizo arreglos para partir en cuanto Ilesa se hubiera cambiado, y eso significaba que no asistiría al matrimonio de su padre con Lady Mavis.

—Creo que a ellos les gustará estar solos— comentó—. Por lo tanto, he dado órdenes para que les sirvan el almuerzo aquí. Después, un carruaje los llevará a Harlestone Hall.

—Has pensado en todo— murmuró Ilesa.

—He pensado en ti— replicó el Duque—. Y quiero estar seguro, amor mío, de que tú piensas en mí, y sólo en mí. Así que, en realidad, soy muy egoísta.

Ilesa sabía que aquello no era verdad.

Se daba perfecta cuenta de que era debido a que él siempre pensaba en su gente, como pensaba en sus caballos y en sus otros animales, por lo que todos en Heron eran felices.

Cuando avanzaron por el sendero de entrada, a la Mansión, Ilesa dijo:

—Creo que debimos habernos despedido de Che-Che y darle las gracias por haber ido a buscarnos cuando lo necesitábamos.

—Le daremos las gracias cuando volvamos a casa— repuso el Duque—. He pensado que debemos traer de regreso de nuestra luna de miel algunos animales más para el zoológico. Ilesa unió las manos y miró a su esposo con ojos muy brillantes.

—¿Qué se te está ocurriendo?— preguntó.

—Eso es algo que podemos discutir juntos— repuso el Duque—. He decidido que, una vez que hayamos comprado tu ajuar en París, mi yate nos esté esperando en el Mediterráneo. Podríamos ir a El Cairo, y tal vez al Mar Rojo y al Golfo.

Se detuvo para sonreírle antes de continuar:

—Hay muchas especies extrañas de animales y aves que creo que debemos tener en casa. Pero, desde luego, estoy dispuesto a dejar la elección en tus manos.

—¡Oh, Drogo, qué idea tan maravillosa!— gritó Ilesa—. Será maravilloso tener un zoológico que podamos enriquecer siempre que salgamos de viaje, y donde, naturalmente, Rajah y Che-Che estarán siempre para darnos la bienvenida.

Ilesa hablaba en tono muy emocionado.

El Duque pensó que jamás había esperado compartir un zoológico con una mujer. Ningún hombre podía ser más afortunado que él.

Pasaron la noche en una casa de la que el Duque era propietario.

Se hallaba a mitad de camino entre Heron y una tranquila bahía, en la cual su yate los estaría esperando al día siguiente.

Era una casita muy atractiva, estilo Tudor, rodeada por un jardín de rosas y lavandas.

Había pertenecido, según le explicó el Duque a Ilesa, a la familia de su madre antes de que ésta contrajera matrimonio.

—Había otras grandes casas, varias de ellas, pero fue con ésta con la que me quedé— dijo—. Cada vez que me he alojado aquí solo, pensaba que algún día tal vez traería a mi esposa.

—Y, ahora... yo estoy aquí— murmuró Ilesa.

—¿Crees que no me doy cuenta de ello?— preguntó el Duque.

Había una expresión en sus ojos que hizo que Ilesa se sintiera llena de timidez.

Cuando subió a cambiarse para la cena, se encontró con una vieja ama de llaves para ayudarla.

Conocía al Duque desde que éste era niño.

—Nunca existió un jovencito más agradable que Su Señoría— dijo—. Todos lo amábamos y, con frecuencia, hablábamos de con quién se casaría. Esperábamos que lo hiciera con alguien que lo amara verdaderamente.

Ilesa sonrió y la vieja ama de llaves continuó:

—Usted es muy hermosa, señora Duquesa, y yo supe tan pronto como la vi, que su belleza no está sólo en su rostro, sino que se encuentra también en su corazón, que era lo que todos deseábamos.

Ilesa sintió ganas de llorar, en tanto en cuanto lo que decía la anciana era muy conmovedor.

Advirtió durante la cena lo mucho que querían al Duque los ancianos que cuidaban la casa.

Aunque les habían avisado sólo con una hora de antelación que iba a llegar el Duque, la cena fue soberbia.

Los jardineros habían decorado la mesa con flores blancas y muchos jarrones, igualmente llenos de flores, se esparcían por toda la casa.

Cuando terminaron de cenar, Ilesa esperaba que se dirigieran al acogedor salón que había junto al comedor, pero el Duque dijo:

—Ha sido un día lleno de emociones, mi amor, y no quiero que estés demasiado cansada mañana.

—No me siento cansada— manifestó Ilesa—. Siento como si estuviera flotando en el cielo, que es como me sentí cuando bailaste conmigo.

—Bailaremos cuanto tú quieras cuando lleguemos a París— le prometió el Duque—; pero ahora, amor mío, quiero enseñarte todo sobre el amor.

Se dirigieron al dormitorio, que tenía una vieja cama de cuatro postes.

El olor de lavanda se desprendía de las sábanas adornadas con encaje.

La fragancia de las rosas llegaba a través de las ventanas, procedente de los rosales que trepaban por el exterior de la casa. No había nadie que pudiera interrumpirles.

El Duque cerró la puerta.

Acto seguido, cruzó la habitación y rodeó a Ilesa con los brazos.

—¿Cómo pudo haber sucedido esto realmente?— preguntó—. Pensé que iba a tener que esperar y luchar por ti durante años enteros. Ahora, gracias a los dioses y, por supuesto, a Che-Che, ya eres mía. ¡Mía! ¡Realmente mía!

Una vez que terminó de hablar, sus labios descendieron hacia los de Ilesa.

La besó con mucha delicadeza al principio.

Después lo hizo más y más apasionadamente, de modo que Ilesa sintió como si se derritiera en él y dejara de ser ella misma.

Ahora, el Duque le estaba desabotonando con suavidad el vestido de bodas de su madre.

Se lo había puesto de nuevo aquella noche porque él se lo había pedido.

—Te veo más bonita con él que con cualquier cosa que pueda comprarte en París— le dijo—. Lo guardaremos, mi amor, y te lo pondrás en todos nuestros aniversarios para que no olvidemos nunca la maravilla del día de nuestra boda.

Cuando el vestido se deslizó de los hombros de Ilesa al suelo, el Duque la tomó en sus brazos. La llevó hacia la cama de cuatro postes y la depositó sobre las almohadas.

Ilesa advirtió que estaba soplando las luces y apagándolas una a una. Luego, descorrió las cortinas. La luz de la luna entró como una nube de plata.

Ilesa pudo ver las estrellas que parpadeaban como diamantes en el cielo.

Unos cuantos segundos más tarde, él estaba junto a ella y la atrajo hacia sus brazos.

Ilesa comprendió entonces que su cuento de hadas no había terminado, como ella había supuesto, sino que apenas estaba empezando.

Era un cuento de hadas tan hermoso, tan emocionante, que Ilesa decidió que ya no estaba atada al mundo ordinario.

Estaba flotando en un paraíso donde no había problemas ni miserias, sino sólo felicidad.

—Te amo— dijo el Duque con voz profunda—. Te amo desde lo alto de tu dorada cabeza hasta la planta de tus pequeños pies. Eres mía, mi amor, desde ahora y hasta la eternidad.

—¡Yo te amo! ¡Te amo... ahora y... para siempre!— repuso Ilesa.

Entonces, cuando el Duque la hizo suya, comprendió que sus palabras sólo reflejaban la verdad.

Su amor era tan profundo, tan mágico, tan perfecto, que los acompañaría no sólo toda la vida, sino por muchas vidas futuras. Era eterno y procedía del cielo.

Che-Che se estiró sobre el suelo suave que había bajo los arbustos y Me-Me se acurrucó junto a él.

Durante todo el camino de regreso desde la casa, el indio lo había ido reprendiendo en fluido urdu por haber escapado de su jaula.

—Eres malo, Che-Che... Corriste demasiado aprisa. Lord *Sahib* está muy enfadado con Che-Che.

Che-Che sabía que Lord *Sahib* no estaba enfadado, sino muy complacido con él, y que la compañera de Lord *Sahib* lo amaba.

Che-Che lo sentía en el tacto de sus manos y en el sonido de su voz.

La próxima vez que la viera le mordisquearía la oreja.